Anne Philipe

Ich höre dich atmen

Roman

Aus dem Französischen
von Eva Moldenhauer

Wunderlich

Die französische Originalausgabe erschien unter dem Titel
«Je l'écoute respirer» 1984 bei Éditions Gallimard
Umschlag- und Einbandgestaltung Manfred Waller
(Gemälde «Das Balkonzimmer» von Adolph von Menzel, 1845.
Archiv für Kunst und Geschichte, Berlin)

1. Auflage März 1986

Gesetzt aus der Garamond (Linotron 202)
Gesamtherstellung Clausen & Bosse, Leck
Printed in Germany
ISBN 3 8052 0408 6

Anne Philipe

Ich höre dich atmen

I

Die Tochter klingelte, der Cousin öffnete die Tür. Schon am Fuß der Treppe hörte sie das schwere Atmen ihrer Mutter. «Sie schläft», sagte der Cousin, «sie schläft die ganze Zeit, sie ist bewußtlos, sie spricht nicht mehr, kein einziges Mal hat sie die Augen aufgemacht. Es ist ganz anders als beim ersten Anfall. Wir haben sofort den Arzt geholt. Er wollte sie ins Krankenhaus bringen lassen. Ich sagte ihm, sie sei neunzig Jahre alt, und du und ich hätten ihr versprochen, sie zu Hause zu lassen. Er schien es zu verstehen. Er sagte, er könne nichts tun, aber er hat mir ans Herz gelegt, daß sie etwas trinkt. Sie muß trinken, hat er gesagt.»

Sie stieg in den ersten Stock hinauf, auf der schmalen Treppe, die, bis auf die Stellen, wo gewöhnlich die Füße hintraten, mit Staub bedeckt war, und blieb an der Tür zum Zimmer ihrer Mutter stehen; der blaue Samtvorhang war geschlossen – sie hatte ihn nie offen gesehen –, doch die Herbstsonne sickerte zwischen den Ringen hindurch. Die alte Dame schlief tief, die Lider zusammengepreßt, den Mund halb geöffnet. Sie trat näher: «Mama, ich bin da», berührte die Hand, die kühle Stirn, strich ihr übers Haar, aber die Kranke verharrte in tiefem Schlaf.

Was zu erwarten war, obwohl man den genauen Zeitpunkt nicht vorhersehen konnte, denn kein Zeichen kündigte ihn an, war geschehen: der zweite Anfall. Er hatte sie im Bett überrascht. Es hatte keinen durch Ungeschick verursachten Brand gegeben, keinen Sturz mit einem Knochenbruch und der Angst, daß niemand zu Hilfe kommt, wie beim erstenmal. Kurz, alles war gutgegangen.

Unten sagte die Tochter: «Es gibt keine Hoffnung mehr. Das ist das Ende.»

Der Cousin machte Tee, die Cousine brachte die Tassen. Sie hatten einen achtzehnjährigen Sohn verloren. Der Tod der alten Dame war der normale Lauf der Dinge. Sie hatten recht. Sie saßen alle drei vor der zum Garten geöffneten Tür und sahen den Katzen zu, die im Gras spielten. Die Tochter ging mehrmals nach oben, stand am Fuß des Bettes, betrachtete ihre Mutter: «Vor drei Tagen habe ich sie angerufen. Da habe ich ihre singende Stimme wahrscheinlich zum letztenmal gehört.» Seit Monaten lebte sie mit diesem Gedanken, wenn sie sie auf der Schwelle des Hauses verließ, um den Zug zu nehmen, oder wenn sie ihr am Telefon auf Wiedersehen sagte. Hatte sie auch vor drei Tagen, als sie den Hörer auflegte, gedacht: «Es ist das letzte Mal, daß ...» Es war so schönes Wetter gewesen, die Weinlese hatte begonnen, aber es war Sonntag, und die Winzer jagten Wildschweine. «Es geht mir sehr gut», hatte die alte Dame gesagt, «ich bin nur ein bißchen müde, weil mich eine Nachbarin zu lange besucht hat. Das Sprechen ermüdet mich, die Leute machen sich das nicht klar. Meinen Augen geht es sehr viel besser, bald kannst du mir wieder Bücher mitbringen ...»

Am Morgen war ein Mann ertrunken, als er einen anderen retten wollte. Das Meer tobte unter dem Ostwind. Im Schaum der Wellen war sie von einem Ende des Strands zum andern gegangen.

Man kann sich kaum rühren in dem Zimmer, das Bett nimmt fast den ganzen Raum ein, und die anderen Möbel stehen dicht nebeneinander an den Wänden, um einen Durchgang zu lassen. Jeder Schritt auf dem Linoleum wirbelt Staubflocken auf, der Boden ist mit Bündeln getragener Wäsche übersät, mit neuen oder alten Schuhen, die seit langem nicht mehr getragen werden, die die alte Dame aber weder wegwerfen noch verschenken will; Stapel von Büchern, mit Schals oder Zellophanpapier bedeckt, stauen sich auf der Kommode, daneben ein großer Gasheizofen, der nie benutzt worden ist; zwei Ölporträts ihres Vaters lehnen an der Wand. Nie hatte die Tochter dieses Zimmer betreten, sogar beim Plaudern blieb sie an der Schwelle stehen. Jetzt fühlt sie sich indiskret, aber sie weiß, daß sie in den nächsten Tagen viele Stunden hier verbringen wird, stehend oder auf dem Bettrand sitzend.

Der Tag neigte sich, als sie ihrer Mutter zum erstenmal zu trinken gab; die Cousine zeigte ihr, wie man Kopf und Kissen gleichzeitig anhebt, Lippen und Zähne auseinanderzieht, um den langen, dünnen Flaschenhals einzuführen. Sie verweigerte das Wasser, akzeptierte jedoch den Tee. «Trink, Mama, trink, du mußt trinken.» Sie versuchte zu gehorchen, es richtig zu machen, sie gab sich Mühe, die Augen im scheinbaren Schlaf hartnäckig geschlossen – aber fehlte ihr die Kraft oder hatte sie das Schlukken verlernt? Der Tee lief aus den Mundwinkeln die Furchen der tiefen Falten hinunter. «Noch ein bißchen, noch einen Schluck. Ich bitte dich.» Der Kopf rollte zur Seite. Sie blieb leblos, während ich die Unterlage wechselte. Wirkliche Bewußtlosigkeit? Scham? Um das Schweigen zu brechen und um sie wissen zu lassen, daß sie da war, fast ohne Hoffnung auf eine Antwort, suchte die Tochter nach einem Satz, der vielleicht die Erinnerung an vergangene Gespräche wecken könnte:

«Du hast Wagner nie gemocht, aber erinnerst du dich noch an den Namen der Frau, die er geliebt hat?»

Die Atmung veränderte sich, sie runzelte die Brauen, der Mund entkrampfte sich, sie bewegte die Lippen und sagte:

«Cosima.»

«War sie verheiratet?»

«Ja. Mit von Bülow ... sehr unglücklich, als sie ihn verließ.»

Die Wörter kamen von sehr weit her, nachdem sie

einen langen unterirdischen Weg durchlaufen und sich eines dicken, klebrigen Sumpfs erwehrt hatten. Die Lippen gehorchten nicht mehr, es gab Pausen zwischen den Wörtern, Luftholen, sie zerhackte die Silben, aber der Satz war bis zu Ende gebracht worden. Die Augen blieben geschlossen, auf dem entspannten Gesicht sah man die Andeutung eines Lächelns: sie hatte mit der Welt kommuniziert, sie existierte, man hatte mit ihr gesprochen. Sie hatte verstanden, daß ihre Tochter da war. Zwischen ihnen entstand eine starke und schöne Kommunikation.

«Ich bin da, ich verlasse dich nicht. Du bist in deinem Haus, in deinem Zimmer, in deinem Bett. Fühlst du dich gut?»

«Ja, ich fühle mich gut.»

Die Atmung des Schlafs setzte wieder ein, der Mund öffnete sich ein wenig, und das Gesicht blieb friedlich.

«Du wirst schlafen.»

Sie schläft bereits.

Es ist Abend, die Cousins gehen fort, die Tochter läßt die Rolläden herunter, macht Licht, die Katzen sind in die Nacht entschwunden. Wo schlafen sie? Die Küche ist sauber, das Geschirr gespült, der Kühlschrank ist gereinigt worden, er enthält Buttertäfelchen, alle angebrochen, mehrere Pakete Brotschnitten, ein gebratenes Huhn, dem ein Stück Brust fehlt (die alte Dame aß nur die Bruststücke, an einem Tag das eine, am anderen das andere, den Rest gab sie den Katzen), eine Scheibe Schinken, ein vertrocknetes Artischockenherz sowie ein paar zerdrückte Salatblätter. Die Tür des Kühlschranks ist von einem Dutzend leerer und sauberer Marmeladengläser gefüllt. Wer hat Ordnung geschaffen? Wahrscheinlich die Cousine.

Ein wenig kaltes Huhn, ein Apfel; ohne den Tisch zu decken, ißt die Tochter, gegenüber dem Platz ihrer Mutter; aus dem angrenzenden Haus dringt gedämpft die Stimme des Fernsehansagers, Leute gehen auf der Straße vorbei, Autos halten, andere fahren an. Sie hat die Tür zum Vorplatz und zur Treppe aufgelassen, und in den Augenblicken der Stille hört sie das Atmen ihrer Mutter. Dieses Atmen zieht sie an, sie geht hinauf; die alte Dame schläft, sie hat sich nicht gerührt, das Zimmer wird nur durch den Treppenflur beleuchtet. Sie zieht das Laken und die Decke hoch; obwohl es draußen warm ist, glüht der Heizkörper. Ihre Mutter friert immer, und als sie sie an diesem Abend zudeckt, sagt sich die Tochter, daß sie es zum erstenmal tut. Das Kissen, die Haare, das Gesicht bilden einen weißen Fleck im Halbdunkel; sie wirken wie von innen erleuchtet.

Die alte Dame hat immer gern die Verbindungstüren unbenutzbar gemacht, indem sie sie mit Möbeln zustellte, und so verhindert der große bayerische Schrank aus bemaltem Holz, auf den man stößt, wenn man ihr Zimmer betritt, den direkten Zugang zum Vorderzimmer, zum «Klavierzimmer», wie es heißt. Es ist ein quadratischer Raum, der einzige im

Haus, den die Tochter mag. Ein kleiner runder Balkon aus Stein ragt in den Vorgarten, auf die Straße. An den Wänden hängen Bilder, die ihre Mutter in den fünfziger Jahren gemalt hat, als sie sich für Malerei begeisterte. Damals lebte sie in zwei entgegengesetzten Welten: in den Mittelmeerlandschaften, paradiesisch, blau und golden, voller Laub und Palmen, und in der Welt der Krankheit und des Todes ihres zweiten Mannes. Sein vielgestaltiges Gesicht, blaß und ausgemergelt, seine langen, schlohweißen Haare, seine vor dem Entsetzen oder dem Wahnsinn geschlossenen oder geöffneten Augen umzingeln das Zimmer von allen Seiten. Drei kleine Bücherschränke an einer der Wände enthalten die Lieblingsbücher der alten Dame; davor zwei Sessel: ein Schaukelstuhl, in dem die Tochter, wie sie sich erinnert, ihre Mutter langsam, summend, schaukeln sah. In den anderen setzte sich ihr Stiefvater; er ist aus vergoldetem Holz und blauem Samt und trägt die Freimaurerembleme. An diesem Abend sieht sie wieder den stolzen, weißhaarigen Kopf, den klaren Blick und die Hände voller brauner Flecke und mit den hervortretenden Adern, die auf den Armlehnen ruhen.

Auf diese beiden Sessel pflegte ihre Mutter abends, ohne Licht zu machen, ihre Tageskleider zu legen, um ihre Nachtgewänder anzuziehen, durchlöcherte, fadenscheinige Wollsachen, mit Sicherheitsnadeln zusammengehalten, von denen sie sich um keinen Preis trennen wollte. Die letzten Kleidungsstücke, die sie getragen hat, hängen über den

Rückenlehnen: ein blauer Baumwollrock, eine weiße Hemdbluse, zwei Sweater, ein Seidenschal, eine beige Strumpfhose aus Wolle. Doch die Seele des von Bildern heimgesuchten Zimmers ist der alte Ibach, ein schwarzer Stutzflügel, dessen Deckel die alte Dame immer offen ließ – auch an diesem Abend –, als hätte das Zuklappen des Deckels ihren eigenen Tod bedeutet. Die Tochter erinnert sich an eine ferne Zeit, in der ihre damals junge Mutter, ihre Großmutter und sie selbst als Kind häufig von einer Wohnung oder einem Haus ins andere umzogen, aus Gründen, die sie nicht kannte. Der Ibach war immer dabei, sie sah zu, wie er mit Hilfe einer Seilwinde an der Fassade entlang zu der neuen Wohnung hochgezogen wurde, sie sah ihn, mit Riemen umgurtet und abgeschraubten Füßen, langsam die Treppe hinaufsteigen. Oben kam er in ein noch leeres Zimmer, ihre Mutter zeigte, wo er stehen sollte, und schlug, sobald die Träger ihn von seinen Fesseln befreit hatten, ein paar Akkorde an.

Später, als ihre Mutter sich wieder verheiratete, wurde ein großes Haus gebaut. Der Ibach wurde in den obersten Stock getragen und rührte sich nicht mehr von der Stelle bis zum Verkauf des Hauses nach dem Tod ihres Stiefvaters.

Wenn die Tochter aus der Schule kam, hörte sie hoch oben das Klavier, sie ging in ihr Zimmer, packte ihren Ranzen aus, legte ihre Schulkleider «voller Mikroben» ab und ging, sofern ihre Großmutter ihr nicht sagte, man dürfe ihre Mutter nicht stören, in den zweiten Stock. Sie lauschte dem Klavier oder dem Gesang, wartete, bis das Stück zu Ende war, ohne die letzten Stufen hochzusteigen, denn die Doppeltür war verglast, und eine Sonate oder eine Melodie zu unterbrechen, hätte ihr Vorwürfe eingetragen. Wenn es still wurde, klopfte sie an eine der kleinen Scheiben, und an der Art, wie ihre Mutter aufstand, um die verriegelte Tür zu öffnen, wußte sie, ob sie willkommen war oder nicht. Bevor sie das Studio betrat, zog sie ihre Schuhe aus. Ihre Mutter hatte ihr die Gefahren der Ansteckung erklärt und wie die Mikroben sich verbreiten; man zieht sie sich an öffentlichen Plätzen zu, schleppt sie mit nach Hause, und dort stecken sie empfindliche Personen an: «Und wie du weißt, mein Liebes, bin ich sehr empfindlich, ich habe nur noch eine Lunge, fast wäre ich gestorben. Als ich dich erwartete, spuckte ich Blut. Mein Arzt sagte, Sie dürfen nicht leiden, keinen Schrei ausstoßen, sonst bekommen Sie einen Blutsturz und können sterben. Deshalb hat er mich betäubt: ich durfte nicht leiden.» Das Kind hörte zu, überzeugt, daß seine Mutter die Wahrheit sprach, und beherrscht von einer einzigen Idee: «Sie darf nicht sterben, ich könnte nicht leben, wenn sie sterben würde.» Die Angst vor den Mikroben war auch der Grund für das Fläschchen Formaldehyd und das große Taschentuch, die sich neben jedem Telefon befanden. Wenn ihre Mutter einen anderen Apparat als den in ihrem Studio benutzen mußte, rieb sie mit einigen Tropfen Formaldehyd energisch den Hörer ab, bevor sie das Gespräch annahm.

Wenn sie das Zimmer ihrer Mutter betrat und diese sie in die Arme schloß und küßte, wobei sie ihr Gesicht zwischen die Hände nahm und ihr in die Augen sah, schwamm sie im Glück: «Hör zu, ich werde dir die Sonate vorspielen, die du so liebst.» Es war die sogenannte *Mondscheinsonate*, oder die *Abschiedssonate*. Sie hatte gelernt, einige Komponisten wiederzuerkennen, Bach und seine Präludien und Fugen; Mozart, den sie nicht mochte – sie fand ihn gekünstelt und manieriert –, Debussy, Chopin – den sie Bach entgegensetzte –, der sie erschreckte und zugleich anzog wegen der Begeisterung, die er bei ihrer Mutter hervorrief. Aber manchmal verstand das Kind, daß es ungelegen kam: «Ich bin ständig gestört worden», sagte die Mutter, und ihre grauen Augen glänzten und verdunkelten sich, «setz dich dorthin und rühr dich nicht.» Das Kind setzte sich auf den Boden, verhielt sich still und lauschte. Indem es seine Mutter beobachtete, hatte es die Macht der Musik entdeckt, ihre Fähigkeit, einen im Nerv zu treffen, einen zu durchdringen und mitzureißen. An manchen Tagen sang seine Mutter, es hielt ihre Stimme für die schönste der Welt, warm, tragend, vibrierend. «Mein Kind, meine Schwester, denk nur, wie süß es ist, dort unten zusammen zu leben …» Zweifellos richteten sich diese Worte an sie. «Die Liebe vom Zigeuner stammt … wenn ich dich liebe, nimm dich in acht.» Die Mutter schien Feuer zu fangen, sie hob den Kopf so leidenschaftlich, daß ihre von Nadeln gehaltenen Haare auf Schultern und Rücken flossen; die Nadeln fielen auf den Teppich, das Kind las sie auf und reichte sie seiner Mutter, die sie lachend entgegennahm und in einen neugeschlungenen Knoten steckte. Aber die aufwühlendste Melodie war das zweite Lied von Bilitis, «Das Haar». Es entdeckte ein Geheimnis darin, es wartete auf den letzten Satz, den es auswendig wußte, sowohl die Worte wie die Art, in der seine Mutter sie sprach: «... Er sah mich an mit so zärtlichem Blick, daß ich erschauernd die Augen senkte.» Die Mutter heftete ihren Blick auf die Tasten, hielt den Atem an, hob langsam die Hände, ließ sie reglos in der Schwebe, dem Ausklingen der Saiten lauschend, und dem Kind kam es so vor, als erröte sie unter dem «zärtlichen Blick». Indes sah es seine Mutter allein in ihrem Studio schlafen, bei verriegelter Tür; sie und ihr Mann küßten sich auf die Wangen oder auf die Stirn, manchmal küßte er ihr die Hand. Und noch heute, während sie den schweren Atem der alten Dame vernimmt, erinnert sie sich nicht, auch nur ein einziges Mal gesehen zu haben, daß der Blick ihrer Mutter aufleuchtete, außer wenn sie Musik spielte, vor allem Chopin, der, wie sie sagte, «das Leiden der Seele und des Körpers auszudrücken verstand». Sie hatte eine gewisse Ähnlichkeit mit ihm: wellige Haare, eine Adlernase, lange und schmale aristokratische Hände und die gleiche Art, sie flach auf die Tasten zu legen.

Das Kind mußte erst erwachsen werden, bis es verstand, daß seine Mutter im Imaginären lebte, vielleicht infolge einer schweren Verletzung, und daß ihr jede Begegnung mit dem Realen unerträglich war. Nur die Musik, die Bücher, die treuen Hunde hatten sie nicht enttäuscht, deren Gedanken man deuten kann, die Vögel, die das hingeworfene Brot aufpikken und ihr Lied aus den Bäumen schmettern oder über den Himmel fliegen, ein Symbol der Freiheit.

Sie lauschte dem Atem im Nebenzimmer und der Stille der Nacht, die Schrei oder Angst, Gefühl der Einsamkeit werden konnte, wenn sie sich nicht Mühe gab, vernünftig zu sein: ihre Mutter schläft, sie leidet nicht, sie hat immer gesagt, daß sie den Tod nicht fürchte, vorhin hat sie fast gelächelt.

Sie ging in den zweiten Stock und fand ihr Bett genauso vor, wie sie es im August verlassen hatte, sie ließ die Tür offen und das Treppenlicht brennen und lauschte erneut dem Schnarchen, das anschwoll, als sie in Halbschlaf fiel; das Treppenhaus wurde zu einem hohen Kamin, in dem ein höllisches Feuer tobte.

Es war noch dunkel, als der erste Vogelschrei, der einer Elster, sie aufweckte; wenn der Tag anbrechen wird, wird man ein Taubenpaar gurren und die Amsel singen hören. Das ist seit vielen Jahren so; Vögel sterben, andere kommen und wiederholen den gleichen Gesang. Die alte Dame atmet, sie ist lebendig, sie schläft tief wie gestern abend. Ein Hund bellt in der Nachbarschaft. Seit er klein ist, kann er sich nicht daran gewöhnen, draußen zu schlafen, und verlangt nach Gesellschaft.

Der Himmel ist schon blau, das Wetter wird so schön sein wie gestern. Durch das Fenster ihres Zimmers betrachtet die Tochter den Flickenteppich der Gärten, jeder eingezwängt in drei Mauern aus rotem Backstein, die gekrönt sind mit glasierten, abgerundeten, großen Ziegeln in derselben Farbe wie auf den Bildern von Vermeer: ein enges, sauberes, klares Universum, dem die Unendlichkeit fehlt. Noch kein Gold im Laub, ein reines Grün, dunkler als im Frühling.

Was sie auch tut, wohin sie auch geht im Haus, die Tochter hört ständig das Atmen ihrer Mutter; es ist wie eine neue und unsichtbare Nabelschnur, die nichts zu durchtrennen vermag.

Die alte Dame hat sich während der Nacht nicht bewegt, ihr Gesicht ist unverändert, nur ihre Lippen sind trocken, und ihre Kehle scheint voller Schleim zu sein. Sie kann sich nicht erkältet haben, sie ist gut zugedeckt, der Heizkörper ist warm. Der Arzt hat gesagt, man müsse sich vor einer Lungenkomplikation in acht nehmen … Einen Arzt rufen? Nein, sie haßt Ärzte, wollte nie einen sehen. «Lauter Mörder», sagte sie. Sie in Ruhe lassen, ihr die Angst nehmen, ins Krankenhaus zu kommen. Sie wird von selbst im Schlaf erlöschen. Das Herz wird stillstehen. Punkt.

Gegen neun Uhr wird eine Krankenschwester kommen und sie waschen. Die Tochter zieht die

Rolläden hoch; der in der Küche und die zur Straße gehen nicht allzu schwer, aber den in der Glastür zum Garten konnte ihre Mutter nicht mehr hochziehen, ein Nachbar kam und tat es für sie, bevor er zur Arbeit ging. Er war es auch, der die alte Dame auffand und begriff, daß etwas Unnormales geschehen war. Gestern hat er es erzählt: «Ihre Mutter hatte mir einen Schlüssel anvertraut. Ich kam wie gewöhnlich, um diese Zeit war sie immer im Zwischengeschoß, im Bad, und wenn ich eintrat, sagte ich: ‹Ich bin's, Madame, wie geht es Ihnen heute morgen?› Und sie antwortete: ‹Guten Tag, Monsieur, mir geht es gut, und Ihnen?› Gestern war sie nicht im Bad, das hat mich gewundert, ich bin bis zur Treppe gegangen und habe gerufen: ‹Geht es Ihnen gut? Brauchen Sie etwas, ist alles in Ordnung?› Sie hat mit schwacher, stockender Stimme gesagt, es sei alles in Ordnung. ‹Brauchen Sie irgendwas?› – ‹Nein ... ich ruhe mich aus.› Ich habe gespürt, daß etwas nicht stimmte, aber ich traute mich nicht hinaufzugehen, Ihre Mutter ist eine sehr schamhafte Person. Ich bin zu einer Nachbarin gegangen, die sich um ihre Einkäufe kümmerte, sie suchte sie ein- oder zweimal am Tag auf. Und da hat sie mit meiner Tochter nach Ihrer Mutter geschaut, und sie haben gemerkt, wie ernst es um sie stand. Wir haben ihren Neffen gerufen, er ist gleich gekommen und hat Sie angerufen.»

Als sie den Rolladen zum Garten aufgehen hörten, kamen die Katzen im Gänsemarsch, sie waren von der Mauer auf den Forsithienstrauch gesprungen und im hohen Gras gelandet. Als sie klein waren, trug ihre Mutter sie im Maul auf demselben Weg hierher. Heute sind es sieben, sie recken ihren Schwanz kerzengerade aus dem Gras, beobachten, lauschen. Die kleine graue beschließt als erste, die eisernen Stufen hinaufzusteigen, die zum Haus führen, die drei getigerten – die Mutter mit ihren Jungen – folgen ihr; die drei schwarzen sind mißtrauisch, sie warten, was passieren wird. Die alte Dame nennt sie «die Wilden», noch nie hat eine Hand sie gestreichelt. Sie haben die vollkommene Schönheit von Panthern: samtenes Fell, smaragdgrüne Augen. Die Tochter öffnet die Dosen, füllt das Fleisch in die versilberten Schüsseln, die ihre Mutter in einer Ecke des Fensterbretts aufbewahrt. Katzenwürdiges Schweigen, keine Bewegung entgeht ihnen, sie sehen ihr zu und stürzen nicht herbei, als sie die Schüsseln auf den Boden stellt. Sie warten, bis sie sich entfernt, ehe sie sich trotz ihres Hungers ohne Hast nähern. Sie fressen nacheinander, in einer Reihenfolge, die einer festgelegten Hierarchie entspricht. Die drei schwarzen kommen als letzte, sie erklimmen mit kleinen Sätzen die Treppe, lauernd. Die Tochter rührt sich nicht, sie bleibt sitzen und trinkt ihren Tee, die Augen auf die Katzen gerichtet, das Ohr gespitzt, damit sie ihre Mutter atmen hören kann.

Die Krankenschwester ist barsch, nicht bösartig, aber grob und ungeduldig. Sie macht Wasser heiß.

Die Tochter sagt zu ihrer Mutter: «Wir werden dich waschen, willst du? Du bist doch gern sauber und gekämmt.»

«Ja. Aber sanft.»

«Soll ich bleiben oder rausgehen?»

«Bleib da.»

Die Krankenschwester entkleidet sie, der Körper gleitet von ihren Händen, sie legt ihn auf die Seite, seift den Rücken ein, den Hals, die Hüften; die Tochter kniet auf dem breiten Bett, sie hält die Hände ihrer Mutter und spricht zu ihr; sie wagt nicht, der Krankenschwester etwas zu sagen, die die alte Dame behandelt wie einen Gegenstand: «Vielleicht wird es nur schlimmer, wenn ich ihr etwas sage», denkt sie. Sie beruhigt sich bei dem Gedanken, daß sie ihr nicht wirklich weh tut, daß sie sie nur herumschubst.

«Ah! Sie mag es nicht, wenn man sie wäscht», sagt die Krankenschwester.

Die alte Dame stößt sie mit der ganzen Kraft ihrer rechten Hand zurück und entreißt ihr den Waschlappen, ihre Finger umkrallen ihn: «Wie stark sie noch ist!» sagt die Krankenschwester.

«Du, mach du es», bittet die Mutter.

Die Tochter tut es nicht, denn sie hat noch die Klagen und Beschimpfungen im Herzen und im Kopf, die ihre Mutter ihr im letzten Jahr nach ihrem ersten Anfall an den Kopf warf, als sie sie jeden Tag gewachsen hatte, damit kein anderer sie berühre.

«Es ist gleich fertig, Mama, sie kann es besser als ich.»

«Bleib hier.»

«Ich gehe nicht weg, ich werde dich sanft abtrocknen.»

Da öffnet meine Mutter zum erstenmal die Augen. Sie sehen nicht mehr, sie driften ab, bleiben weder auf Gegenständen noch auf mir haften, irren umher wie ein totes Gewicht auf einem in Seenot geratenen Schiff. Doch sobald ich wieder sprechen kann, bleiben sie an meinem Mund hängen. Es ist ein Flehen in ihrem blinden Blick: ein Bettler am Straßenrand. Noch nie habe ich ein solches Gesicht bei ihr gesehen, entstellt, aber schön, mit einem Ausdruck völliger Abhängigkeit. Ein Blick der Liebe und Hingabe. Als kehre sie von einer langen Reise in ein unbekanntes Land zurück, wo sie in all den Stunden scheinbarer Abwesenheit gelebt und eine Welt gesehen hat, die ich nicht kenne.

Sie liegt wieder auf dem Rücken, frisch angezogen, die Augen geschlossen. Die Krankenschwester entwirrt ihre Haare mit dem Kamm, sie verzieht das Gesicht bei jedem Strich.

«Meine Mutter nimmt lieber die Bürste.»

Wir bleiben beide allein:

«Du bist schön, deine Haut ist weich, du bist gut gekämmt.»

«Meine Mutter ... Haut wie Blut und Milch ... ich nicht ...»

«Doch, du hast eine andere Schönheit ...»

«Ja ... anders ... nicht wie meine Mutter.»

Sie verstummt. Ihre rechte Hand – Knochen,

Haut, hervortretende Adern – tastet nach der meinen, ergreift sie, führt sie an ihr Gesicht und drückt sie an ihre Wange und ihre Lippen. Blitzartig verblassen alle Konflikte, die es zwischen uns gegeben hat. Sie haben nie existiert.

«Du bist da ... Verlaß mich nicht.»

«Ich bin da. Ich verlasse dich nicht. Ich liebe dich. Ich möchte, daß du etwas trinkst.»

«Wein, nur etwas Wein ... Wasser ist fade. Gib mir Wein.»

Ich finde welchen unten, Weißwein, den sie mag. Sie trinkt ein paar Schluck.

«Noch ein wenig. Sauge, sauge, wie dein Urenkel, als er gerade geboren war. Erinnerst du dich? Er saugt ... er mag das ...»

«Es tut gut, es tut gut, an der Brust seiner Mutter zu saugen ... Ich habe an der Brust meiner Mutter gesaugt ... Aber er darf nicht herkommen, es ist nicht gesund, es gibt Mikroben ... Keine Kinder hier ...»

«Er wird nicht kommen.»

«Und es gibt böse Menschen. Sie machen mir angst.»

«Hier bist du zu Hause, alle mögen dich. Auch deine Nachbarn mögen dich, sie haben sich nach dir erkundigt. Fühlst du dich gut?»

«Ja. Müde ... Schlafen.»

«Schlafe, ich bleibe bei dir.»

Wir hatten uns an den Händen. Sie ist ruhig, auf ihren Lippen liegt ein unendlich zärtliches Lächeln.

Weiß sie, daß sie blind ist, einseitig gelähmt, daß sie sterben wird? Sie scheint auf den Tod zuzugehen wie auf ein natürliches Ereignis.

Sie war so nervös und fiebrig im August, das letzte Mal, als ich sie besuchte, sie konnte nicht stillsitzen, ging die ganze Zeit umher, stützte sich an Möbeln ab, an Türrahmen, an Wänden. Sie war abgemagert und blaß, ihr Gesicht eingefallen. Als sie mir die Tür öffnete, hatte sie, ohne mich zu umarmen, gesagt: «Ich habe Lust auf Champagner, ich brauche welchen, hol schnell einen Brut Moët et Chandon.» Wir hatten ihn zusammen getrunken, wie jedesmal, wenn ich kam, aber sie hatte nichts gegessen, nur ein paar Happen Brot und Käse. Ich betrachtete sie, als sie mir gegenüber am Tisch saß. Sie war noch hinfälliger und schmächtiger geworden. Ihr Rücken wurde krumm, ihr Kinn sank auf ihren Hals. Ich wagte kaum zu sprechen, denn bei jedem Wort, und war es noch so leise, zuckte sie zusammen, als holte ich sie brutal in eine unerwünschte Wirklichkeit zurück, während der Champagner sie, wenn es still war, in eine von Träumen bevölkerte Entzückung versetzte, in eine vergangene Welt, in der sie nun immer öfter lebte und die für sie voller Schönheit war. Sie verübelte es mir, wie mir schien, daß ich, und sei es auch durch einen einzigen Satz, ihr geheimes Leben unterbrach. Also schwiegen wir. Doch am Ende der Mahlzeit, als ich abzuräumen begann, sagte ich ihr, ich machte mir Sorgen, weil sie nicht aß: «Ich möchte, daß du ißt. Wenn die Nachbarn morgens kommen und deine Einkaufsliste holen, sag ihnen, worauf die Lust hast.» – «Ich vergesse es», hatte sie geantwortet. Sie hatte einen letzten Schluck Champagner getrunken und, ihr Glas abstellend, hinzugefügt: «Ich mache mich von allem frei.» Ihr Satz war deutlich, sie hatte recht, sie bereitete sich vor. «Ich werde schlafen gehen, ich bin müde.» Es war sieben Uhr und noch sehr heiß. Wir haben die gewohnten Dinge getan, die sie täglich tat und mich unter ihrer Aufsicht tun ließ, wenn ich da war: die Rolläden herunterlassen, das Gas abstellen, die Eingangstür verriegeln und einen alten Gong dagegenlehnen, auf den ich geschlagen hatte, als ich klein war, «so kann ich hören», sagte sie, «wenn jemand hereinkommen will». Sie hatte keine Angst vor Einbrechern. Aber sie behauptete, vor ein paar Monaten von einer Zigeunerin angegriffen worden zu sein, die sie am Fenster um etwas zu trinken gebeten hatte. Sie hatte sie hereinkommen und sich hinsetzen lassen, weil sie schwanger war, und als sie ihr ein Glas Wasser gebracht hatte, hatte die Zigeunerin sie bei den Händen gepackt und wollte sie schlagen.

Am Fuß der Treppe habe ich an jenem Augustabend bemerkt, daß sie das Geländer mit beiden Händen umklammerte und seitlich nach oben ging, wobei sie bei jedem Schritt energisch mit dem Fuß aufstampfte. Sie ist in ihr Badezimmer gegangen, hat sich die Haare gebürstet, ihre Zähne mit Kernseife geputzt, weil die Zahnpasten «sehr schlecht geworden» seien. Wir haben über ihre schönen Haare gesprochen: «Nie hat ein Friseur sie angerührt. Nie.» Dann noch ein paar Stufen, und sie betrat das Klavierzimmer: «Ich werde mich ausziehen und schlafen. Gute Nacht. Bis morgen.» Ich bin in mein Zimmer gegangen, das über dem ihren liegt, zum Garten hin. Es war heller Tag, die Amseln sangen noch. Fünf Minuten später schnarchte sie, und ich lauschte diesem lauten Geräusch, das die Gegenwart eines Menschen bezeugen kann, das aber für mich, wenn ich es mir in Paris vorstellte, die Einsamkeit meiner Mutter in dem stillen Haus bedeutete.

Sie schläft tief, ihr Atem geht leichter als gestern, aber rötlicher Speichel sammelt sich um ihren Mund, ich wische ihn ab, er bildet sich von neuem. Meine Mutter merkt es nicht, sie bleibt in Schlaf versunken. An diesem Morgen bin ich mehrmals hinaufgegangen, ich habe zu ihr gesprochen, aber sie hat nicht geantwortet. Ich gehe im Haus herum, die Nachbarinnen läuten und erkundigen sich nach ihr:

«Wollen Sie sie sehen?»

«Nein, ich will sie nicht stören», antwortet die eine. Und eine andere: «Ja, nur einen Augenblick.»

Sie bleibt an der Zimmertür stehen, streckt den Kopf vor, um das Gesicht meiner Mutter zu sehen. «Sie ist schön, man sieht, daß sie ruhig ist», sagt sie.

«Ich bin's, Madame, erkennen Sie mich?»

Keine Antwort. Die Nachbarin geht weinend die Treppe hinunter. Eine dritte bringt mir etwas zu essen, eine vierte Fleischabfälle für die Katzen.

Ich rufe meine Kinder an und Leute, die ich in dieser mir fremd gewordenen Stadt kenne. Ich betrachte die Katzen; sie schlafen in der Sonne; die getigerten liegen ausgestreckt, ineinander verknäuelt, so daß man sie nicht voneinander unterscheiden kann. Wenn schönes Wetter ist, liegen sie am liebsten oben auf einem alten Kühlschrank, den meine Mutter draußen an die Hauswand hat stellen lassen, als sie sich einen neuen kaufte; er reicht bis zu den kleinen Fenstern zu beiden Seiten der Glastür, ein idealer Beobachtungsort: Blick auf den Garten und, durch die Scheiben hindurch, auf das, was im Haus vorgeht. Die kleinen Pantherkatzen spielen im Gras, die graue ist furchtlos hereingekommen, sie springt auf meine Knie und geruht, sich streicheln zu lassen. Sie schnurrt, sie ist die einzige, die weiche Kissen, Liebkosungen, Stimmen gekannt hat. Sie nimmt jedesmal meinen Platz ein, wenn ich nach oben gehe und nach meiner Mutter schaue.

Ich bleibe bei ihr, auf dem Bett, mit all den Fragen, die nie eine Antwort finden werden. Wo ist sie? Was empfindet sie? Begrüßt sie den Tod aus grenzenlosem Bedürfnis nach Schlaf, nach Ruhe, denkt sie an ihr vergangenes Leben? Plötzlich verändert sich ihre Atmung. Hat sie meine Anwesenheit gespürt?

«Willst du trinken?»

«Ja. Wein.»

Sie trinkt ein wenig, die Augen geschlossen, aber sie lächelt, sie wird sprechen. Ich insistiere:

«Trink noch, ein ganz klein wenig.»

Ein Schluck mehr, und sie lächelt noch immer:

«Ich bin nicht Verlaine ...»

Also denkt sie an ihren Vater, sie hat die beiden immer miteinander in Verbindung gebracht.

«Verlaine mochte vor allem den Pastis.»

«Den Absinth», sagt sie.

«Ja, du hast recht, den Absinth. Erinnerst du dich an das Foto von ihm im Café? An seine hohe Stirn?»

«Ja.»

«Du dagegen magst weder Apéritifs noch Schnäpse. Du magst Wein.»

«Den guten Wein, ja, den guten Champagner, den Bordeaux meines Vaters ...»

«Möchtest du Champagner?»

«Ja. Moët et Chandon. Brut.»

«Ich werde dir welchen kaufen. Trink noch ein bißchen.»

«Nein. Schlafen. Mich ausruhen.»

Sie schnarcht schon, aber ich bleibe bei ihr und spreche weiter ganz leise zu ihr, ein Murmeln, das sie vielleicht begleitet. Ich betrachte sie, die mir so preisgegeben ist, vertrauensvoll, ich rufe mir die Sätze in Erinnerung, die sie seit gestern gesagt hat. Sie spricht die Wörter mühsam aus, ihre Diktion ist ungenau, sie verbessert sich, zögert oder setzt falsch an, doch jedesmal hat sie den richtigen Ausdruck gefunden und gesagt, was sie wollte. Und diese Frau, die so theatralisch war, so verliebt in Superlative, ist angesichts des Todes vollkommen einfach und natürlich. Ohne den Kopf drehen zu müssen, so nahe stehen Bett und Sekretär beieinander, betrachte ich abwechselnd das Foto meiner jungen Mutter und ihr heutiges Gesicht. Mir ist, als sähe ich unter den geschlossenen Lidern ihren jetzt verlorenen, blinden Blick, und ich erinnere mich, wie sehr ich ihn als Kind fürchtete, wenn er sich wie dunkles Metall auf mich heftete, um mir Unzufriedenheit oder Zorn kundzutun; dann schwand auch die Zärtlichkeit des Lächelns, und ich war verloren.

Ich habe das an einem Schubfach des Sekretärs befestigte kleine Foto immer gesehen. Der Kopf meiner Mutter reckt sich in die Höhe wie eine Blume, die Masse ihres gewellten schwarzen Haars kontrastiert mit dem blassen Gesicht, über das ein vages, melancholisches Lächeln huscht, die umschatteten Augen erhöhen den Glanz ihres Blicks. Sie trägt eine etwas durchsichtige schwarze Seidenbluse, ihre Ellbogen stützen sich auf die Schreibplatte des Sekretärs, der heute neben ihr steht und den sie mit meinem Vater ausgesucht hat, und ihr Kopf ruht auf ihren verschränkten Fingern. Sie war schon verheiratet und ich bereits geboren. «Damals», hatte sie mir oft gesagt, «wäre ich vor Traurigkeit fast gestorben.» Lange Zeit war ich aufgebracht über den Kult, den meine Mutter mit diesem Foto von sich zu treiben schien, dann rührte mich die Anmut dieser gebrechlichen, zauberhaften jungen Frau, die meine Mutter war.

Sie herrschte über ihren Mann, über ihre Mutter und über mich. Wir lebten in ständiger Angst um ihre Stimmung und ihre Gesundheit.

Ich erinnere mich an einen Abend, der wie jeder andere war: Es ist sieben Uhr, man ißt früh im Norden, ich bin in meinem Zimmer, meine Großmutter macht das Essen, mein Stiefvater befindet sich schon unten in dem mit violetter und gelber Seide tapezierten Speisesaal. Die Fenster gehen auf einen Hain und den Rosengarten. Das Klavier ist verstummt, und ich höre meine Mutter über mir herumgehen: ihre Schuhe mit den dünnen hohen Absätzen, von einer Spange festgehalten, klappern auf dem Parkett, sie trägt immer rauchgraue Seidenstrümpfe, die am Knöchel ein goldenes Kettchen sehen lassen. Ich höre sie die Tür ihres Studios öffnen und schließen, den Schlüssel umdrehen; sie kommt herunter, betritt den Vorplatz im ersten Stockwerk, von dem unsere Schlafzimmer abgehen, nur das ihre nicht, einen völlig dunklen Ort, der ständig von einer Lampe beleuchtet ist; von hier aus führt eine breite Treppe ins Erdgeschoß, überall, auf dem Parkett und den Stufen, an den Wänden, dem Geländer und der Balustrade befinden sich Teppiche und Portieren.

Mein Stiefvater sitzt in seinem Voltaire-Sessel, er lauscht dem Radio, das auf einem kleinen Tisch steht, und krault den Kopf des großen Hundes auf seinen Knien. Wie ich hört er meine Mutter die Treppe herunterkommen. Durch die Glastür sieht er sie auftauchen. Er steht auf und geht ihr entgegen:

«Endlich, da bist du, meine Liebe. Da bist du.» Meine Mutter tritt wie eine Herrin ein, beseelt, erleuchtet von der Musik, die sie gerade gespielt hat. «Ich habe Hunger», sagt mein Stiefvater. «Essen, immer essen», antwortet meine Mutter. «Du denkst nur ans Essen ... Ich bin eine Künstlerin ... Die Nahrung der Seele ...»

Wir setzten uns zu Tisch, an einen runden Mahagonitisch mit geschwungenen, massiven Beinen, einem weißen Tischtuch. Mein Stiefvater setzte sich in seinen Freimaurersessel, wir drei auf schwere, zum Tisch passende Stühle.

Neben meiner Mutter befand sich eine Anrichte mit ihrer Gemüsebouillon, die nur meine Großmutter für sie zu kochen verstand, Knoblauchzehen, ungeschältem Reis, Graubrot, Käse und einer Schachtel Biskuits – Mandelbrot oder griechische Plätzchen –, die sie mit uns teilte, hauptsächlich mit ihrem Mann, «um den Wein besser kosten zu können».

Je nach den Tagen aß meine Mutter Fleisch oder nicht; wenn sie es tat, so deshalb, weil ihr Körper, wie sie sagte, danach verlangte, aber sie zog Fisch oder Huhn vor. Ich traute mich zu sagen, daß auch sie litten, wenn man sie tötete. «Vielleicht», antwortete sie, «aber der Anblick von Blut! Ich bin zu empfindlich, verstehst du ...» Ich verstand und brachte es selber nicht über mich, rotes Fleisch zu essen. «Gib dir Mühe», bat sie. Und sobald wir allein waren, sagte sie zu mir: «Auch ich verabscheue dieses Fleisch, aber er mag nur Rind, und er will es blutig.

Ich nehme an, sein Körper braucht es, obwohl meiner Meinung nach Fleisch sehr giftig ist. Er sollte lieber Gemüse und Obst essen wie ich. Er vergiftet sich mit all diesem Fleisch.»

Ich setzte mich unten vor die offene Gartentür und sah den Katzen zu. Bald kam die graue zu mir, um sich schnurrend an mir zu reiben, und sprang auf meine Knie. Die anderen gingen lange auf der kleinen Terrasse im Kreise umher, blieben stehen, sogen schnuppernd die Gerüche in sich ein, mit zuckenden Ohren und wippendem Schwanz. Eine schwarze hat sich entschlossen, ins Zimmer zu kommen, nicht sehr weit, sie setzte sich neben die Tür, an den Heizkörper, und beobachtete mich. Dann sprangen die getigerte Mutter und ihre Jungen von dem alten Kühlschrank herunter, auf dem sie sich gestreckt und gereckt hatten, und kamen herein, die Augen fest auf mich gerichtet. Eines der beiden Jungen hat sich bis zu meinen Füßen vorgewagt. Es ist nicht so groß wie das andere, aber pfiffiger. Es hat einen Sehfehler, und ich habe es Sartre getauft. Wachsam hat es begonnen, die Örtlichkeit zu inspizieren, immer mit äußerster Vorsicht, Pfoten und Hals gestreckt, zur Flucht bereit. Es ist in die Ecken gekrochen, zwischen Stapel alter Zeitschriften, und unter dem neugotischen Bücherschrank voller Spinnweben und Staub wieder herausgekommen, beleidigt und erstaunt; es hat sich geschüttelt, dann hingesetzt und sich würdevoll mit den Pfoten über den Kopf gestrichen, besonders die Ohren, danach hat es sich zusammengekrümmt, um sich den Bauch, die Innenseite der Schenkel und das Geschlecht zu lecken. Erst als es mit seiner Toilette fertig war, ist es zu seiner Mutter gegangen, die es nicht sehr freundlich empfing.

Gegen Mittag habe ich das Gesicht meiner Mutter mit klarem Wasser gekühlt, vertrauensvoll hat sie es geschehen lassen, vielleicht mit einem gewissen Vergnügen. Sie hat ein wenig Wein getrunken, dann ist ihre Hand vorgekrochen, um das kleine Papiertuch zu fassen, das ich auf das Bett gelegt hatte, und sie hat sich den Mund abgewischt; durch Bewegen ihrer Finger hat sie mir zu verstehen gegeben, daß sie weitere in ihrer Nähe haben wollte. Es gibt über hundert Päckchen davon, eingeklemmt zwischen der Wand und dem Schrank. Sie weiß, daß sie sehr laut schnarcht:

«Mein Vater hinderte uns am Schlafen ... Er schnarchte ... Schrecklich ... Ich erinnere mich.»

«Er war sehr dick. Du schnarchst nicht laut, du bist feinfühlig.»

Sie lächelt ein wenig traurig, ein wenig ironisch:

«Ich schnarche.»

«Fühlst du dich wohl? Tut es dir nirgends weh?»

Sie öffnet die Augen und schenkt mir einen blinden Blick inniger Liebe:

«Du bist da, meine Tochter, verlaß mich nicht.»

«Ich verlasse dich nicht, ich lege mich neben dich.»

«Das ist gut.»

Sie hat die Gabe bewahrt, die sie immer besessen

«Er trank einen Liter am Tag, ich hinderte ihn nicht daran, aber er trank ihn in den Kneipen mit Alkoholikern ... Arbeitern ... liederlichen Frauen ...»

Sie schläft, eine Hand fest auf der meinen, die andere reglos auf der Decke. Weiß sie, daß sie gelähmt ist? Ich rühre mich nicht, bis ihre Hand sich etwas öffnet, und auch dann bleibe ich liegen. Die Finger auf der Ader an ihrem Handgelenk lausche ich ihrem Puls, er schlägt regelmäßig. Wann wird er stehenbleiben? Wie wird der Tod kommen? Ihr Körper ist so dünn, daß er kaum die Decke hebt. Ich schließe die Augen: sie verläßt diesen Körper, sie hinterläßt ihn uns auf dem Bett, so wie die Schlangen ihre Haut abstreifen, und fliegt davon, unsichtbar, in den Raum über den Gärten. Nein, sie liegt am Ufer des Flusses und sieht den Nachen näherkommen, der sie mitnehmen wird. Und wir sind einander so nahe, daß wir, sie und ich, vielleicht im selben Augenblick dieselben Bilder in uns haben und daß sie für sie die gleiche Heiterkeit und Ruhe haben wie für mich.

Es hat geläutet, und ich bin hinuntergegangen, um aufzumachen, es war eine Nachbarin, die mir Suppe brachte. Meine Mutter hat nicht reagiert, als ich von ihrem Bett aufstand. Als ich das Eßzimmer betrat, sind die Katzen geflüchtet, außer der grauen, die meinen Sessel zu schätzen weiß.

Gestern hatte ich nur den Kühlschrank geöffnet, heute schaue ich in die Schränke und entdecke alte Pakete weicher Butter. Sie hatte nicht mehr die

Kraft, die harte Butter zu schneiden, deshalb deponierte sie überall ein wenig, vergaß es, bestellte ein neues Paket, und die alten, angebrochenen oder unberührten Pakete wurden ranzig, neben einer Teebüchse oder einem Stück Brot, das ebenfalls vergessen worden war und langsam in seiner Cellophanhülle verschimmelte. Schon seit mehreren Jahren häufte sie aus Angst, Mangel zu leiden, und weil sie vergaß, welche Vorräte sie hatte, bestimmte Dinge an, die ich bei jedem Besuch in den Mülleimer warf.

Es kam vor, daß sie den Katzen trockenes Brot oder ranzige Butter vorsetzte, sie schnupperten daran, rührten es aber nicht an. Beim ersten Windstoß flogen die Schüsseln in den Garten oder klatschten an die Wand; wenn es regnete, füllten sie sich mit Wasser. Und meine Mutter fragte sich, warum so viele Ameisen an den Backsteinen entlangkrochen und warum, sobald es Frühling wurde, so viele Bienen und Wespen dicht über den Boden der kleinen Terrasse flogen, die den Garten überragte.

Ich bin mehrmals in ihr Zimmer hinaufgegangen, sie schlief, friedlich, ihr Schnarchen dröhnte weniger als gestern. Ihr Kopf lag auf der Seite, und sie atmete gut. Ich sagte ihr wieder: «Du bist zu Hause, in deinem Zimmer, in deinem Bett, und ich bin bei dir, ich verlasse dich nicht.» Sie hat kaum merklich die Lider bewegt, um mir zu bedeuten, daß sie verstanden hatte. Ich meinte, sie lächeln zu sehen.

Unerträglich ist, wenn sie die Augen öffnet und diesen getrübten Blick freigibt, der zu sagen scheint:

«Wo bin ich? Ich sehe dich nicht, verlaß mich nicht.» Ich spreche mit ihr, und sofort heften sich ihre Augen auf meinen Mund.

Die vielen Menschen auf der Welt, die einsam sterben, auf der Suche nach einer Stimme, einer Hand! So ist mein Vater gestorben. Heute nachmittag ist meine Mutter ständig bei ihm, und sie zwingt mich fast, ich weiß nicht, durch welchen unsichtbaren Druck, sie zu begleiten. Meine Erinnerung an diesen großen schönen Mann ist sehr verschwommen, an diesen unbekannten Mann, von dem ich nur weiß, was sie mir erzählt hat. Ich habe noch ein paar Momentaufnahmen von ihm. Mehr nicht:

Ich bin erkältet. Nackt in einem Badezimmer. Er kniet vor mir und hält ein Fläschchen Jodtinktur und einen Pinsel. Er zeichnet ein großes Tier auf meinen Oberkörper, dann legt er eine Schicht Watte darauf, damit mir warm ist und ich gesund werde.

Wir sitzen bei Tisch in einem ziemlich dunklen Erdgeschoß. Ich sitze auf dicken Büchern, damit ich die richtige Höhe habe. Mein Vater schimpft mit mir, meine Mutter und meine Großmutter sagen nichts. Plötzlich steht er auf, mit wütendem Gesicht, und kommt auf mich zu. Er packt meinen Stuhl, ich klammere mich daran fest, damit ich nicht falle, und dreht ihn mit dem Rücken zum Tisch. Ich weine nicht, ich höre die Unterhaltung, die hinter mir wieder einsetzt.

Er erwartet mich unten vor dem Haus, in dem wir wohnen und das oft wechselt. Es ist Sonntag. Meine Mutter hebt den Vorhang ein wenig, sie dreht sich um und sagt: «Er ist da, du kannst hinuntergehen», sie küßt mich, und unten, auf der Straße, küsse ich ihn. Ich weiß, daß er mich in den Zirkus oder in den Zoo mitnehmen wird. Er macht mir kleine Geschenke, er raucht die ganze Zeit. Einmal hat er mir einen kleinen schwarzweißen Hund geschenkt; meine Mutter muß ihn angerufen haben, denn am nächsten Tag war der Hund verschwunden. Abends bringt er mich zurück, meine Mutter steht am Fenster wie am Morgen, und wenn ich herankomme, hat sie schon die Tür geöffnet und küßt mich. Er, auf der Straße, ist sofort weggegangen; als er mir den Abschiedskuß gab, fühlte ich, daß er es eilig hatte.

Nachdem meine Mutter wieder geheiratet hatte – ich war zehn Jahre alt –, habe ich ihn nicht wiedergesehen und nie das kleinste Lebenszeichen von ihm erhalten. Ich würde lügen, wenn ich sagte, daß ich darunter litt; meinen Stiefvater mochte ich lieber, und vor allem hing ich an meiner Mutter.

Seinen Tod habe ich mit zwei Jahren Verspätung erfahren durch einen Brief seines Bruders an meine Mutter. Er schrieb, er habe nach der Scheidung ein elendes Leben geführt. Er hatte nie um Hilfe gebeten. Der Bruder hatte ihn 1931 bei der Heilsarmee aufgespürt und ihm, wie er sagte, unauffällig geholfen. Aber mein Vater war erneut verschwunden.

1943 teilte ein behördlicher Brief seine Einweisung in ein Heim für Hilfsbedürftige mit. Dort ist er am 24. Juni desselben Jahres «sanft» gestorben, an Tuberkulose. Allein.

Da habe ich zum erstenmal begriffen, wie sehr mein Vater gelitten haben mußte: der Tod seiner Eltern, als er klein war, der Krieg, die Gefangenschaft, das Scheitern seiner Liebe mit meiner Mutter, Armut, Krankheit; von kurzen Augenblicken vielleicht abgesehen, war er immer unglücklich gewesen.

Meine Mutter taucht aus ihrem Schlaf, spürt meine Anwesenheit und beginnt sofort zu sprechen:

«Das traurigste, verzweifeltste Kind, das ich gekannt habe ... Waise ... verlassen ...»

«Sprichst du noch von Arsène?»

«Ja.»

«Meinem Vater?»

«Ja, dein Vater ... Die Deutschen ... Sie schlagen sich dauernd ...»

«Ich möchte, daß du etwas trinkst. Nachher werde ich Champagner kaufen.»

Sie schluckt ein wenig Wein, lächelt:

«Saugen ... saugen ...», murmelt sie.

Sie denkt an das Neugeborene, ich spinne ihren Gedanken weiter, halte aber inne, denn ich wollte ihr gerade sagen, daß es jetzt sehen kann. Der Umschlag mit den Fotos von der Geburt ist zu spät angekommen, er liegt da, geschlossen, mit der Handschrift meiner Tochter, ich brauchte nur die Hand auszustrecken, um ihn an mich zu nehmen. Die Adressatin wird ihn nie öffnen. Ich denke an die Ähnlichkeit zwischen einem Neugeborenen und meiner sterbenden Mutter. Beider Augen haben die Farbe von Schiefer nach dem Regen, Pupille und Iris lassen sich nicht unterscheiden, bei dem einen ist das Weiß des Auges klar, bei der anderen fast gelb und von roten Äderchen getrübt. Das eine wartet auf das Licht, das es nicht kennt, die andere hat es gekannt und verloren. Beide tragen Windeln, beide schlafen tief, das eine, um zu Kräften zu kommen, die andere als Vorspiel zum Tod. Das Neugeborene entdeckt fast jeden Tag einen neuen Laut; meine Mutter sucht nach den Worten, holt sie mühsam sehr weit her, oft entfallen sie ihr, wenn sie glaubt, sie zu haben, aber sie kennt ihre Bedeutung, sie weiß, was die Sprache ist. Der eine saugt gierig an der Brust, die andere hat den Instinkt des Saugens fast verloren. Beide gehorchen ihrem Körper; der eine schläft, pißt, rülpst, scheißt, nährt sich als Zeichen von Gesundheit; die andere spürt dunkel den Verfall ihres Körpers, der sich nicht mehr kontrollieren läßt, sie schämt sich des Geruchs, den er ausströmt, seiner Ausflüsse, die sie nicht zurückhalten kann. Das Kind strampelt und läuft rosig an im Badewasser, wo es den mütterlichen Bauch wiederfindet, und lächelt die Engel an oder das Gesicht, das sich über es beugt; meine Mutter läßt ihren leblosen Körper, den sie vor den Blicken verbergen möchte, waschen. Der eine hat soeben die Dunkelheit verlassen; die andere betritt sie.

Zum erstenmal hatte ich das Bedürfnis zu weinen, ich ging zum Fenster und schob ein wenig den Vorhang beiseite. Meine Mutter schlief, ein Taubenpärchen, jenes, das morgens immer gurrt, flog über den Himmel und ließ sich auf dem höchsten Dach nieder. Eines Tages werden sie sterben. Geboren werden und sterben – das ist vielleicht das einzige ewige Gesetz. Die alte Dame und das Neugeborene würden einander auf der Erde begegnet sein. Meine Mutter hatte sich über diese Geburt gefreut. Sie fragte mich aus: Hat er zugenommen? Wem ähnelt er? Ich beschrieb ihr die Form des Gesichts, die Größe des Kopfes, die Zeichnung der Augen und des Mundes, die Farbe der Haare, sie hörte mir zu, und mir schien, als begriffe ich, daß sie bei jeder Geburt eines ihrer Nachfahren hoffte, einer von ihnen würde ihr ähneln, so daß sie sich sein Schicksal vorstellen könnte.

Am Nachmittag setzte ich mich in den Sessel meiner Mutter, ans Fenster, das auf die Straße geht; die Leute aus dem Viertel blieben stehen, um mich zu grüßen, andere erkundigten sich nach der Kranken. Ich fühlte mich meine Mutter werden. So hatte sie viele Stunden verbracht, am Fenster sitzend, das im Sommer geöffnet, im Winter geschlossen war, ein paar Bücher, die sie nicht mehr las, in Reichweite, und hatte auf Passanten gewartet, die sie kannte. Sie mochte diese kurzen, freundlichen Gespräche, die sie nicht anstrengten, sie nicht zwangen aufzustehen, sondern ihr Zeit ließen, sich nach den Kindern, den Kranken, dem Hund, der Katze zu erkundigen; dafür fragte man sie in diesem oder jenem um Rat. Sie hatte neben sich ein paar Bonbons stehen, die sie den Schülern schenkte, und Kekse für die Hunde, die das Haus kannten und von selber stehenblieben, wenn ihr Herrchen nicht so genau aufpaßte.

Es war die Zeit, da die Sonne aus dem Garten verschwand und die Straße erreichte. Wenn ich einen Zug nahm, der mich um diese Zeit hierherbrachte, fand ich meine Mutter häufig an dem Platz vor, auf dem ich heute sitze. Wenn ich aus der Straßenbahn stieg, sah ich auf dem Gehsteig die Leute mit ihr sprechen, und ich wußte, daß sie am Fenster saß und mit den Nachbarn plauderte. Ich kam im unrechten Augenblick. Sie empfing mich ziemlich kühl, oder sie sagte mir, noch bevor ich eintrat und um ihr Gespräch nicht unterbrechen zu müssen, daß sie Lust auf ein Stück Kuchen habe. Ich ging dann weiter, um ihn an der Straßenecke zu kaufen, ohne meine Reisetasche abzustellen: «Nimm auch eines für dich», rief sie mir nach. Ich schlenderte ein wenig herum, ohne das Haus aus den Augen zu lassen, und kehrte erst zurück, wenn der Passant sich entfernt hatte. «Wir werden Tee machen», sagte sie, «aber vor dem Abend mußt du noch Champagner kaufen.» Ich packte meine Geschenke aus, und beim ersten Blick, den meine Mutter auf sie warf, wußte ich, ob der Sweater, die Strumpfhose, der Schal oder der Unterrock ihr gefiel, oder ob sie ihn nie tragen würde. Sie befühlte ihn und sagte die schicksalsschweren Worte: «Die Wolle hat nicht dieselbe Qualität wie das letzte Mal ...» Ich verteidigte mich: «Es ist dieselbe Marke, ich habe sie im selben Geschäft gekauft, es ist die Schweizer Marke, die du magst.» Sie sah mich mit einer Art herablassenden Mitleids an: «Heutzutage lügen alle, es ist nicht wie zu meiner Zeit. Man sagt dir, es sei reine Wolle, und du glaubst es, aber mich kann man nicht täuschen. Wir leben in Elend und Lüge.» Oder sie betrachtete die Farbe des Schals oder Halstuchs, das sie auf ihren Knien ausbreitete: «Ja, es ist blau, wie ich dir gesagt habe, aber es ist ein bißchen Grün drin, und Grün steht mir überhaupt nicht. Gab es kein anderes Blau, ein ins Grau spielendes? Du hättest auch Rosa oder Weiß nehmen können, Weiß steht mir immer noch am besten.» An solchen Tagen entdeckte ich eine Seite an ihr wieder, die mir von jeher vertraut war; sie war schlechter Laune, ich kam im falschen Augenblick, folglich war alles schlecht, was ich mitbrachte. Ich schlug ihr vor, wieder mitzunehmen, was ihr nicht gefiel, es umzutauschen oder für mich zu behalten: «Nein, nein», sagte sie, «keinesfalls, vielleicht kann ich es eines Tages brauchen, wenn ich nichts anzuziehen habe.» Ich lachte, und doch erwachten in mir die Erinnerungen an meine kindliche Trauer, wenn ich ihr ein Geschenk gemacht hatte, das ihr nicht gefiel, und sie sich dafür mit kränkender Höflichkeit bedankt hatte. Ein andermal war es ein Freudenfest, wenn wir uns wiedersahen, meine Geschenke waren wunderbar, noch nie hatte ich sie so gut ausgesucht. «Wir werden Champagner trinken», beschloß sie. Ich ging los und kaufte ihn im Supermarkt, außerdem schlechten Lachs in Cellophan und etwas Gouda. Seit einigen Jahren war ich es, die die Flasche entkorkte, sie hatte nicht mehr die Kraft dazu, sie sah mir zu: «Du kannst es genauso gut wie ich», sagte sie. Ich brachte zwei Kristallgläser, und wir tranken auf unsere Gesundheit. Sie war fröhlich, lachte und rieb sich einen Nasenflügel, der sie juckte: «Das war schon immer so bei mir», sagte sie, «sogar als ich jung war ... es prickelt, es steigt mir in die Nase ... Diese Flasche ist ausgezeichnet, gib mir noch etwas, es ist gut für die Gesundheit ...» Aber sehr schnell verging dieser Glanz, ihr Rücken krümmte sich, sie wurde ganz klein. Sie hielt ihr Glas mit beiden Händen am Rand des Tisches, hob es kaum hoch und beugte, um es zu erreichen, ihren Oberkörper vor, es sah aus, als könne ihr zerbrechlicher Nacken den Kopf nicht mehr halten. Sie trank in einem Zug, richtete sich dann langsam auf und schob sich in ihren Sessel zurück wie in eine schützende Grotte, sie sprach nicht mehr, ihre Augen schlossen sich, «ich glaube, ich werde schlafen», sagte sie. Sie hörte mich aufstehen, um das Geschirr zu spülen, und überließ mir nur widerwillig ihren Teller: «Ich sehe nicht ein, warum man ihn spülen muß, nur ich benutze ihn. Bitte, kein Spülmittel.» Ihr Glas wischte sie nur ab und befahl mir, es in die neugotische Kredenz zu stellen. Sie richtete sich einen Augenblick auf, um zu überprüfen, ob ich ihr gehorchte.

Weihnachten 1979 fiel mir zum erstenmal auf, daß meine Mutter gealtert war. Beim Gehen stützte sie sich häufig auf ein Möbelstück, und manchmal lag ein furchtsamer Ausdruck in ihrem Blick, als habe sie Angst zu mißfallen. Sie verlangte nach meiner Bewunderung, ich gab sie ihr. Sie sei, so sagte ich ihr, die einzige mir bekannte Person ihres Alters, die allein lebe, unabhängig, niemanden um etwas bitte, sich nie beklage und glücklich zu sein scheine. «Nie hast du mich davon abgehalten, eine Reise zu machen, du versuchst immer, mich nicht zu beunruhigen ...» Sie hörte mir zu, entzückt: «Ja, ja, ich weiß, ich habe eine starke Persönlichkeit, ich habe das Leben des Geistes, und niemand kann es mir nehmen.» – «Aber du bist gern allein, du willst niemand in deiner Nähe haben.» – «Niemand.» Ihre Nasenflügel waren zusammengekniffen, und sie hatte das Wort tief Luft holend ausgesprochen.

Ihr letzter Gefährte war ihr Hund gewesen. Er ist seit etwa zehn Jahren tot. Seit diesem Tag hat sie das Haus nicht mehr verlassen. Es war ein schwarzer Hund, ein ungarischer Schäferhund, sanft und freundlich, sie war aufs Land gefahren, um ihn zu holen: «Er war unglücklich, man mochte ihn nicht und band ihn an einem Baum fest.» Er folgte meiner Mutter auf Schritt und Tritt. Sie hat ihm viele Dinge anvertraut, während sie Biskuits aßen und einander vor der je nach Jahreszeit offenen oder geschlossenen

Glastür gegenübersaßen. Sie wollte ihn überreden, Gemüse zu fressen, aber er mochte nur Fleisch. «Es ist sein Instinkt», stellte sie bedauernd fest, «er versteht nicht, daß er sich schadet.» Und sie kaufte ihm schließlich ein amerikanisches Beefsteak.

Er starb in hohem Alter, in einer Augustnacht, sie erzählte es mir erst später. Er schlief auf der Schwelle ihres Zimmers. Eines Morgens stand er nicht auf, meine Mutter stieg über ihn hinweg, sie wunderte sich, daß er sich den ganzen Tag nicht rührte, meinte jedoch, daß er unter der Hitze litte. «Am Abend sah ich Lichter in seinen Augen.» Eine weitere Nacht verging. Als sie aufwachte, rief sie ihn, und schließlich faßte sie ihn an. Sie begriff, daß er tot war, tat aber nichts. Am dritten Tag begann er zu stinken, sie rief den Tierarzt, der ihn fortschaffen ließ.

Dieser Tod war ihr schmerzlich, die Nachbarn waren in Ferien, und vor mir verbarg sie ihren Kummer. Sie konnte mit niemandem darüber reden. Es war die große Einsamkeit.

Ich erwarte meine Cousins, sie mögen meine Mutter und helfen mir, sie zu pflegen. Sie hatte sich eine Zeitlang mit ihnen überworfen, sich aber dann wieder versöhnt. Sie nennt ihren Neffen Cri-Cri, wie damals, als er klein war. Sobald sie kommen, gehen wir zu meiner Mutter hinauf, geben ihr zu trinken, ich sage ihr, daß ich aus dem Haus gehe, um den Champagner zu kaufen. Sie macht ein Zeichen, daß sie versteht.

Es ist weniger Speichel um ihren Mund, aber mit einer neuen, mechanischen Geste wischt sie ihn sich ständig mit einem Papiertaschentuch ab; sie preßt es in ihrer Hand, streicht es über die Lippen, preßt es wieder und läßt es auf der Decke liegen. Wenn es sich aufzulösen beginnt, bittet sie um ein anderes und beginnt von neuem.

Wir waschen sie ein wenig, wobei wir sie so wenig wie möglich bewegen. Sie ist matt und ruhig. Wir versuchen, sie mit Hilfe der Kopfkissen auf die Seite zu legen, damit sie besser atmen kann und um ihren Rücken zu schonen, denn es sind die ersten Druckstellen zu sehen.

Erst der zweite Abend. Ich esse irgend etwas, telefoniere mit den Kindern und nahen Freunden; es tut gut zu sprechen, geliebte Stimmen zu hören. Ich höre kaum das Schnarchen meiner Mutter, ich vermisse es. Ihre offenen und blinden Augen verfolgen mich, wird sie sie noch einmal aufschlagen, werde ich sie noch einmal sehen?

Die Tür abschließen, den Gong davorstellen. Ich gehe zu ihr hinauf, und wir sprechen im Halbdunkel.

«Fühlst du dich gut? Möchtest du etwas?»

«Gut, gut. Die Katzen?»

«Sie haben gefressen, sie sind weg.»

«Gut.»

Ihre Hand nehmen, sie küssen.

«Wie spät ist es?»

«Abend. Wir werden schlafen.»

«Ja.»

Sie öffnet die Augen, drückt meine Hand. Der gleiche abtriftende Blick wie am Morgen, und plötzlich ihre eingefallenen Züge, ihr Gesicht ist entstellt, schön, aber anders. Sie nimmt heftig meine Hand, drückt sie auf ihre Stirn, ihre Wange, ihre Lippen. Ich küsse sie, bleibe neben ihr.

«Ich verlasse dich nicht.»

Wie lange verharren wir so? Sie schließt die Augen, aber ich sehe, daß sie auf ihre Nacht geöffnet sind. Wird sie morgen sterben? Ich wende Tricks an, um meine Angst zu verscheuchen, ich tue es ebenso für sie wie für mich, denn wir sind durchlässig füreinander. Es ist spät, als ich in mein Zimmer gehe. Ich habe gewartet, bis sie in tiefem Schlaf lag, der sich nur langsam einstellte, und sie auf meine Worte nicht mehr antwortete, nicht einmal durch ein Zeichen.

Ein von jähem Erwachen unterbrochener Schlaf mit einer fixen Idee: ihren Atem hören. Ja, sie atmet, und zwar so geräuschvoll, daß es ein Lärm ist, der die Stille füllt. Ich sehe mehrmals nach ihr, stelle ihr leise Fragen. Sie schläft.

Die Elster kündigt das Ende der Nacht an, wäre es eine Nachtigall, so würde sie die Farbe der Dämmerung verändern. Meine Mutter atmet gut, ihre Bronchien sind frei, sie reagiert nicht, als ich mit ihr spreche. Ich ziehe die Rolläden hoch, die Katzen laufen nicht weg, vierzehn Augen starren mich hinter der Scheibe an. Die Krankenschwester wird um neun

Uhr kommen. Wie soll ich sie, ohne sie zu verstimmen, bitten, sanfter zu sein? Ich versuche zu lesen, Nachrichten zu hören. Ich tue nichts. Ich gehe hinauf, ich betrachte meine schlafende Mutter, sie liegt auf der Seite, auf die ich sie gestern abend gedreht habe, dem englischen Sekretär zugewandt, den sie mit Arsène gekauft hat. Sie schläft ruhig, soll ich sie wecken, um ihr zu sagen, daß bald die Krankenschwester kommt? Sonst wird sie jäh geweckt, wenn die Schwester mit ihrem Gendarmenschritt das Zimmer betritt. Ich mache Wasser auf dem Gaskocher heiß, wie meine Mutter es jeden Morgen tat. In Paris stellte ich mir oft vor, daß sie sich verbrennt oder das Haus anzündet. Seltsames Badezimmer. Es ist ein großer Raum, der auf den Garten geht, aber das Fenster ist so schmutzig, daß man nicht durchschauen kann, die Gardine ist verschlissen, auf einer Schnur, die an einer Wand gespannt ist, hängen etwa ein Dutzend Handtücher und einige Wollsachen, der defekte Durchlauferhitzer ist mit provenzalischen Tüchern bedeckt, in denen sich der Staub festgesetzt hat. In der von Wasserstein überzogenen Badewanne warten zwei kleine Wannen auf das nächste Bad meiner Mutter. Nur ein Hahn, der des Waschbeckens, funktioniert noch, es fließt nur ein dünner Strahl heraus, die anderen sind verstopft, ebenso alle Abflüsse. Eine kleine Kommode quillt über von Küchenpapierrollen, Klopapier und Papiertaschentücherpäckchen. Weitere liegen an den Fußleisten. Auf den Fliesen sieht man die Fußspuren meiner Mutter, dazwischen liegen Putzlappen, am Fuß der Badewanne und vor dem Waschbecken, andere, neue, stapeln sich hinter dem Klosett. Auf zwei Konsolen stehen alte Stoffschachteln mit Haarnadeln, ausgebrochenen Kämmen, Zahnbürsten ohne Borsten, vertrockneten Zahnpastatuben, neu oder angebrochen, Seifenstücken, und in all dieser Unordnung liegen, ordentlich nebeneinander, drei Haarbürsten, ein weißer Kamm und einige Fläschchen Eau de Toilette von Guerlain, deren Verpackung nicht geöffnet worden ist.

In der völlig grauen Badewanne wusch meine Mutter sich jeden Morgen. Wenn ich da war, stand ich auf, sobald ich sie das Wasser aus dem Kessel in die kleineren Wannen gießen hörte. Sie ließ die Tür offen und rief mich, wenn ich vorbeikam; ich trat nicht ein, blieb jedoch stehen, und wir sprachen über die Nacht, über das Wetter, das frische Brot, das ich zum Frühstück kaufen würde, «gut durchgebacken und knusprig für mich», sagte sie. Im Halbdunkel sah ich zu, wie sie sich wusch, sich mit ungewöhnlicher Geschmeidigkeit bückte und mit Wasser besprengte. Sie war noch schön oder zumindest anmutig. Sobald sie merkte, daß man sie ansah, richtete sie den Körper auf, ihre Gesten wurden wieder elegant. Ich sah wieder die Frau vor mir, die in dem ehemaligen großen Haus, in ihrem Königreich im zweiten Stock, oft ihr Bad nahm, wenn ich aus der Schule kam. Und voller Bewunderung betrachtete ich ihren weißen, geschmeidigen, fülligen Körper, die fruchtförmigen Brüste, die abfallenden Schultern, den runden Bauch. Ein mehr fleischiger als muskulöser Körper, sittsam, doch voller Koketterie.

Ich warte auf die Krankenschwester und setze mich auf die Stufe zum Badezimmer, wie die Katzen suche ich nach Stellen, von denen aus man beobachten kann. Am Ende der Diele sehe ich die Eingangstür, hinter mir höre ich das Wasser heiß werden, und wenn ich die Augen hebe, meine ich, meine Mutter durch die offene Tür zu sehen. Mir entgeht kein einziger ihrer Atemzüge. Ich betrachte den Staub rings um mich herum. Meine Mutter war sich durchaus darüber im klaren, daß er da war, aber sie war der Auffassung, daß man sich nicht über ihn hermachen, ihn nicht fortschaffen, sondern nicht daran rühren dürfe, dann würde er ruhig liegen bleiben und nicht stören, während er sich, wenn man versucht ihn zu beseitigen, dadurch rächen würde, daß er sich in der Luft verteilte und Husten verursachte. Daher ihre Ordnung in der Unordnung, sie wollte nicht, daß man irgend etwas anfaßte, und wenn eine Nachbarin ihr anbot, die Wohnung zu putzen, schlug sie es rundweg ab. Vor einigen Jahren hatte das Horten von Vorräten in einem der Küchenschränke zu einer Invasion von Mäusen geführt. Sie hatten dort eine unerschöpfliche Quelle an Nahrung gefunden: altbackenes Brot, Biskuits, offene Marmeladengläser, Kernseife, Zucker, Hülsenfrüchte, alten Käse. Ich habe zwei Tage damit zugebracht, den Schrank zu reinigen und zu leeren und große Müllsäcke zu füllen. Die Mäuse versteckten sich nicht einmal, sie lebten in Frieden, satt und absolut zutraulich. Ihr Auftreten fiel zusammen mit der Ankunft der Katzen im Garten, und denen schob meine Mutter die Schuld an der Anwesenheit der Nagetiere zu: «Diese Mäuse haben in aller Ruhe draußen gelebt, bis die Katzen sie verjagt haben, so wie sie meine geliebten Vögel verjagt haben. Es sind grausame Tiere, scheinheilig und bösartig. Vielleicht sollte ich mir ein anderes Haus suchen. Am Ende werden sie mich noch vor die Tür setzen. Ich war so glücklich hier, bevor sie kamen!»

«Mama, die Krankenschwester kommt gleich, um dich zu waschen. Wach auf.»

Nur ein schwaches Brummen, ein Runzeln der Brauen. Es läutet an der Tür.

«Sie ist sehr angegriffen. Man sollte sie so wenig wie möglich bewegen.»

«Aber sie muß doch gewaschen werden, oder?»

Die Prozedur von gestern beginnt von neuem. Meine Mutter öffnet die Augen, sieht blind in meine Richtung, öffnet den Mund, ist aber außerstande, ein Wort zu sagen. Ich halte ihre Hand, gehe um das Bett herum, als die Krankenschwester sie auf die eine, dann auf die andere Seite wälzt. Nichts ist übrig von ihrer Schönheit, ihre Haut ist eine stumpfe, graue Hülle, von Brustkorb und Becken festgehalten. Am liebsten würde ich sie nicht sehen, nicht hier sein. Das gelähmte Bein und der gelähmte Arm sind Gegenstände, die ich hochhebe und auf das Laken lege. Es braucht viel Geschick, um den Körper umzudrehen, der wegrutscht und sich entzieht. «Hinterher werden Sie froh sein, daß Sie wieder sauber und schön sind», sagt die Krankenschwester. Meine Mutter packt ihre Hand und entreißt ihr wie gestern den Waschlappen: «Ah, wie stark sie noch ist! Gut so», kommentiert sie mit verkniffenem Mund. Ich schweige.

Man muß das beschmutzte Laken wechseln, es hat keinen Halt mehr auf der breiten weichen Matratze, in die sich die Form des Körpers eingegraben hat und die ich nie wenden durfte. Ich bitte die Krankenschwester, mir zu helfen, ihr zu trinken zu geben; ihre Kiefer sind so stark aufeinandergepreßt, daß ich nicht gleichzeitig sie öffnen und ihren Kopf heben kann. «Das ist im Preis nicht inbegriffen», antwortet sie. Sie geht.

«Sie ... böse», sagt meine Mutter.

«Sie ist weg, sie wird nicht wiederkommen, ich verspreche es dir.»

«Böse», wiederholt sie.

«Möchtest du Champagner? Ich habe gestern welchen gekauft.»

«Schlafen. Mich ausruhen.»

«Soll ich bei dir bleiben?»

«Hier, oder im Haus. Schlafen.»

Zum erstenmal sieht meine Mutter traurig aus. Ich glaube, sie schläft, aber sie bewegt sich, nimmt ein

Papiertaschentuch, zerknautscht und zerbröselt es, nimmt ein anderes, hebt es an den Mund, um imaginären Speichel abzuwischen, und beginnt erneut, es zu kneten, bis es zerfetzt ist. Sie muß etwas in der Hand haben, und in der Zeit, in der ich ihr ein neues Taschentuch zuschiebe, greift sie nach ihrem Nachthemd, umklammert es, zieht daran, um es sich vom Leib zu reißen.

Sie nimmt meine Hand, stößt sie weg, nimmt sie erneut und behält sie. «Wir sind allein im Haus, nur wir zwei. Du bist in deinem Bett, niemand kommt und stört dich.»

Sie lauscht meinen Worten, hält ihren Atem an; ihr Gesicht ist angespannt und verkrampft; die Heiterkeit ist verflogen, sie preßt weiterhin die Kiefer zusammen, mit gerunzelten Brauen. Man könnte meinen, sie wolle sich in die Erde verkriechen, so wie ein Tier sich seinen Bau gräbt. Vielleicht in den Schlaf? Sich nicht mehr aufschwingen. Ich spreche leise zu ihr, wie ich es mit dem Neugeborenen in Paris täte, es ist eher eine Musik als Worte. Nach und nach entspannt sie sich, langsam löst die Hand ihre Umklammerung, sie sucht die Taschentücher, ich lege sie zwischen ihre Finger, aber sie ergreift sie nicht. Das Waschen muß ihr wie ein gewaltiges Erdbeben vorgekommen sein, das sie ins Chaos gestürzt hat. Endlich schläft sie ein, ich bleibe an ihrer Seite, manchmal seufzt sie, nicht vor Schmerz, aus einem anderen Grund.

Das einzig Gute heute morgen ist, daß ihre Bronchien frei sind.

Als ich die Treppe hinunterging, dachte ich, sie würde nicht unmerklich verlöschen, wie ich gehofft hatte, sondern sich aufregen und von Ängsten gepackt werden. Ich brauchte einen Rat und vielleicht Hilfe. Eine Freundin hatte mir von einem guten Arzt erzählt, der zwei Tage in der Woche in einem Krankenhaus arbeitete. Zufällig war er da, als ich anrief. Er versprach, um vier Uhr zu kommen.

Mit einemmal kommen mir die letzten beiden Tage wie eine Zeit vor, die vorüber ist. Meine Mutter ist in eine neue Phase eingetreten. Ich rief mir jede Geste, jeden Ausdruck ihres Gesichts in Erinnerung: Lächeln, Liebe, Bitte, Müdigkeit, große Sanftmut. In diesen beiden Tagen hatte sie nur wenige Sätze gesagt, die mühsam aus ihr herauskamen, aber sie hatte mir das Wesentliche sagen können. Ihr Denken war klar, vernünftig, wir waren einander nahe gewesen. Und heute, schon gestern abend, entfernte sie sich, zog in einen anderen Bereich. Der Nachen hatte sich genähert, die Trennung begann. Ihre Zeit war gekommen, und weder sie noch ich konnten etwas dagegen tun.

Geräuschlos betrete ich das Zimmer, sie schläft, keine Antwort, als ich zu ihr spreche, aber ihre rechte Hand zerwühlt unaufhörlich das Laken, ihr Gesicht ist verkrampft, von leichten Zuckungen bewegt, es hat die glatte Ruhe verloren, die es seit vorgestern nachmittag hatte. Ich gehe zu den Katzen hinunter; sie spielen, mein Kommen verschreckt sie nicht mehr, aber sie beobachten mich, außer der grauen, die nicht einmal die Augen öffnet, als ich sie mit beiden Händen aus dem Sessel hebe, um mich hinzusetzen, und sie auf meine Knie lege. Zwei schwarze sitzen in vollendeter Symmetrie zu beiden Seiten der Glastür, zwei ägyptische Statuetten, reglos, sich ihrer Schönheit bewußt; eine kleine getigerte hat die Weichheit der Kissen entdeckt, sie räkelt sich auf dem einen, das vor der Staffelei auf dem Boden liegt, Sartre und seine Mutter sind eng umschlungen, er versucht, an ihr zu saugen, obwohl er fast so groß ist wie sie, und sie wehrt sich, indem sie mit der Pfote nach ihm schlägt. Manchmal heben sie plötzlich gleichzeitig den Kopf und sehen mich an. Welche Welle ist durch sie hindurchgegangen? Welches mir unsichtbare Zeichen? Ich bin zu nichts nütze, ich warte vier Stunden. In diesem Jahr nimmt der Sommer kein Ende. Nachbarn kommen und fragen nach Neuigkeiten, bringen Fressen für die Katzen, für mich eine Artischocke.

Ich gehe häufig nach oben, ich höre den Atem meiner Mutter nicht, und auf der Treppe sage ich mir, daß sie vielleicht tot ist und daß sie so oder so in höchstens einer Woche tot sein wird. Sie atmet regelmäßig, aber es ist etwas Eigensinniges in ihrem Gesicht, mir wird bewußt, wie sehr sie abgemagert ist, die rechte Hand bewegt sich ständig, sie hat das Laken und die Decke zurückgestoßen und versucht, die Windel wegzureißen.

«Willst du etwas trinken, ich möchte, daß du etwas trinkst. Champagner? Tee?»

Sie schüttelt den Kopf. Ihre Lider sind aufeinandergepreßt. Ich nehme ihre Hand, versuche, sie stillzulegen, aber sie entzieht sie mir und beginnt wieder, am Laken, an ihrem Nachthemd, an ihrer Windel zu zerren.

«Ist dir zu heiß?»

« Zu heiß.»

«Fühlst du dich gut?»

«Nein.»

«Tut dir irgend etwas weh?»

«Nein.»

«Versuche zu schlafen.»

«Bleib da. Rede.»

Sie nimmt meine Hand:

«Erzähle. Die Katzen.»

«Sie spielen, sie haben gefressen, sie werden auf dem Kühlschrank schlafen.»

«Die Katzen sind glücklich ... schlafen wie sie, mich ausruhen. Sie haben es gut ... Sprich weiter.»

«Gestern schliefen die drei getigerten auf dem Kühlschrank, die Kleinen haben versucht, an der Mutter zu saugen, sie wollte es nicht, die graue hat tüchtig gefressen, die schwarzen sind weggegangen.»

«Sie mögen die Sonne, das tun sie immer ... Es ist schön in der Sonne.»

Sie spricht mit schwacher Stimme, und jedes Wort klingt in mir nach, weckt ein Bild. Mir scheint, als ginge ich bis zur Quelle ihrer Gedanken, als kenne ich jede Assoziation.

Die ersten Katzen müssen 1979 ins Leben meiner Mutter getreten sein. Eines Tages hat sie mir am Telefon verkündet, daß seit dem Morgen sechs kleine Katzen in ihrem Garten seien, zwei rote, zwei schwarz-weiße, eine schwarze und eine etwas ältere getigerte. «Vielleicht ist es die Mutter, du weißt ja, ich verstehe nichts von Katzen.» Bei jedem Telefonanruf sprach sie von ihnen: «Ich mag sie nicht, sie sind räuberisch und grausam und sehr scheinheilig, aber ich schaue ihnen zu, sie sind wirklich anmutig.» Sie hatte ein Kind aus der Nachbarschaft im Verdacht, sie über die Mauer geworfen zu haben, weil seine Eltern den ganzen Wurf töten wollten. Bei jedem meiner Besuche waren die Katzen größer geworden, sie wanderten jetzt von einem Garten in den anderen, über Mauern und Bäume hinweg. Meine Mutter wagte nicht mehr, Tür und Fenster in der Küche offen zu lassen. «Ich bin nicht mehr Herr in meinem Haus», klagte sie, «sie haben die Vögel verscheucht, wahrscheinlich haben sie die Jungen in den Nestern aufgefressen.» Sobald sie die Rolläden hochzog, kamen sie an, eine hinter der anderen, ließen sich auf dem alten verrosteten Kühlschrank nieder, eng aneinander gedrängt, reglos, und starrten uns an. Wenn meine Mutter in die Küche ging, wandten sich die Köpfe und folgten ihr. «Ich werde ihnen etwas zu fressen geben, damit sie aufhören, uns so anzustarren.» Sie kochte ihnen Nudeln. «Katzen mögen keine Nudeln», sagte ich. Sie antwortete: «Du wirst schon sehen.» Und ich sah: sie füllte sie dampfend in versilberte Schälchen, und die Katzen umringten sie. Sie versuchten nicht, sie anzurühren, sie warteten, bis das Ganze abkühlte, und fraßen dann mit großer Zierlichkeit alles bis zur letzten Nudel auf. «Du siehst», sagte meine Mutter, «jetzt können wir in aller Ruhe frühstücken, sie werden spielen und dann schlafen.» Was sie auch taten. Wenn es regnete, sah man sie mehrere Tage lang nicht. «Ich weiß nicht, was aus den Katzen geworden ist», sagte sie am Telefon. Sobald der Regen aufhörte, tauchten sie wieder auf, völlig trocken, mit glänzendem Fell. In der Zeit der Liebe begann das Gefauche. «Schauerlich», klagte meine Mutter. Wenn ich da war, sah ich sie von meinem Zimmer aus auf den Mauern entlangspazieren und – nachdem die Männchen einander mit Blicken gemessen hatten – stundenlang kämpfen. Ich erriet die im Gras verborgenen Weibchen; die raschen Paarungen schienen schmerzhaft zu sein; sobald das Weibchen frei war, drehte es sich zu dem geduldeten Männchen um und ohrfeigte es, bevor es verschwand. Das Knurren und Stöhnen dauerte manchmal die ganze Nacht, aber ich hörte meine Mutter schnarchen und war beruhigt. Die Weibchen wurden dick, verschwanden, kehrten ausgemergelt, mit geschwollenen Zitzen zurück und schleppten dann eines Tages, stolz und strahlend, die bisher versteckten kleinen Katzen an. Bald waren es achtzehn, trotz der natürlichen Auslese. Gewöhnlich hielt sich eine kranke Katze abseits, sie sah den anderen beim Spielen zu und hörte auf zu fressen. Und eines Tages sah man sie nicht mehr. Eine einzige beschloß, im Garten zu sterben, vielleicht weil ihre Krankheit sich jäh verschlimmert hatte und ihr die Kraft nahm, über die Mauer zu klettern. Ich war da, und ich erinnere mich an das Datum, weil eine krebskranke Frau, die ich kannte, beschlossen hatte, an diesem Tag zu sterben. Es war ein Osterdienstag, trotzdem fror es, der Himmel war von grellem Blau wie ein Mistral-Himmel. Als ich am Nachmittag ankam, sah ich die Katzen im Gras. Ein Teil des Gartens – nicht größer als ein Zimmer – lag im Schatten, der andere noch in der Sonne. Auf der Grenzlinie lag zusammengekrümmt die rote Katze, die Pfoten unter ihren Körper geschoben, die Augen geschlossen, den Kopf zur Sonne gestreckt. In ihrer Nähe, fast im rechten Winkel, aber in gewisser Entfernung befand sich ihre Freundin, die schwarze Katze. Die anderen beachteten sie nicht. Als die rote vom Schatten erfaßt wurde, stand sie auf, ihre Beine fingen an zu zittern, sie wich langsam ein paar Meter zurück und legte sich genau auf die gleiche Linie, in derselben Richtung, mit dem Gesicht zur wiedergefundenen Sonne. Die schwarze begleitete ihren Umzug, bewegte sich im selben Rhythmus und nahm denselben Platz im Verhältnis zu ihrer Freundin ein. Fliegen krabbelten auf dem Fell der Kranken herum, ihre Augen waren verklebt, und rings um ihren Mund und ihre Nasenflügel war geronnenes Blut. Doch die Sonne setzte ihren Weg fort, sie verließ den Garten und wanderte auf die Straße, und wieder mußte das

Paar zurückweichen, um ihre letzten Strahlen auszunutzen, es mußte bis zur Mauer, zu einem kleinen Baum, dessen Blätter das Küchenfenster erreichten. Dann verschwand die Sonne, und die Luft wurde eiskalt. Der Nordwind wurde stärker, die Katzen zogen nacheinander in die sonnigen Gärten, nur die rote und die schwarze blieben. Ich näherte mich ihnen, bis ich eine Art Röcheln oder Husten hörte, die schwarze flüchtete ins Gras und drehte sich um, um mich anzusehen, die rote nahm keine Notiz von mir, aber mir schien, daß sie sich bei meinem Nahen verkrampfte. Ich überließ sie sich selbst. Sobald ich zum Haus zurückging, kehrte die schwarze zu ihrer Freundin zurück. Mit der Nacht erschienen die Sterne, die so hell glänzen, wenn der Nordwind die Luft durchsichtig macht. Sie wird heute nacht sterben, dachte ich, und keine Klage, keine Bitte, kein Miauen. Ich fragte mich, ob die schwarze wohl bei ihr bliebe. Während des Abendessens ließ meine Mutter kein Wort über die Katzen verlauten. Ich stand früh auf, meine Mutter war wach, als ich an ihrem Zimmer vorbeiging, sie sagte mir: «Wenn die Katze tot ist, will ich sie nicht sehen. Leg sie in eine Schachtel, heute kommt die Müllabfuhr, und faß sie bloß nicht an, sie hat bestimmt eine schlimme Krankheit.» Tatsächlich war sie tot, sie lag ausgestreckt unter dem Baum, die Lippen hochgezogen, die Augen halboffen, das Fell stumpf und struppig, der Körper hart wie Stein. Wir frühstückten, als die Müllmänner vor dem Haus hielten. Mir schien, als hörte ich, wie ihr Schädel und ihre Glieder zermahlen wurden. Meine Mutter sagte nichts, stellte keine Fragen. Ich wußte, daß sie an den Tod dachte und diese Präsens vertreiben wollte. Die Katzen standen wie gewöhnlich hinter dem Fenster auf dem Kühlschrank, die schwarze war unter ihnen. Sie warteten auf ihre Nudeln.

Im Juli beschlossen die Nachbarn, daß man die Katzen loswerden müsse, die sich jetzt sogar in die Häuser wagten, um zu stehlen, und manchmal kratzten und sogar bissen. Man bat meine Mutter um Erlaubnis, einen der von den Behörden zur Verfügung gestellten Kästen aufzustellen. Sie lehnte kurzerhand ab: «Stellen Sie diese Fallen in Ihre eigenen Gärten, aber nicht in meinen. Rechnen Sie nicht mit meiner Hilfe.» Einige Tage lang führten die Katzen ihr gewöhnliches Leben. Noch nie hatte meine Mutter sich so für sie interessiert. Bei jedem Telefonanruf verkündete sie mir die Anwesenheit der Katzen als einen Sieg: «Sie sind schlau, obwohl sie Hunger haben, gehen sie nicht in die verdammten Käfige. Ich gebe ihnen heimlich zu fressen.» Doch nach einer Woche waren alle verschwunden außer zweien, einer getigerten und einer schwarzweißen, die seit einiger Zeit in der Katzenkolonie lebten. Anscheinend waren es «Hauskatzen», und man hatte nicht gewagt, sie einzufangen. Einige Monate später brachte die getigerte ihre Jungen im Maul zu uns, und alles fing von vorne an.

Seit meiner Ankunft haben die Katzen ihr Revier vergrößert, sie laufen in den Räumen im Erdgeschoß herum, strecken sich auf den Teppichen aus, springen auf Stühle und Tische. Die neugierigste und zweifellos intelligenteste ist Sartre; meine Anwesenheit erregt ihre Neugier; ich versuche, sie mit einem Stück Fleisch zu zähmen, ich strecke es ihr hin und rühre mich nicht mehr. Sie spielt den Fisch, der um den Köder kreist, nähert sich auf Pfotenspitzen, bleibt stehen, weicht zurück, kommt wieder, geht wieder weg, dreht sich im Halbkreis, entfernt sich von neuem, geht vor mir auf und ab, setzt sich, ohne die Augen von mir zu lassen, nähert sich noch ein wenig; sie lauscht meiner Stimme, die versucht, sie zu verführen, betrachtet die auf meinen Knien schlafende graue. Blitzartig springt sie vor und versucht, mir die Beute mit kurzem Pfotenschlag zu entreißen. Es gelingt ihr nicht, und sie weicht beleidigt zum Garten hin zurück. Ein toter Punkt. Wir starren uns an, während ich versuche, den Atem meiner Mutter zu hören; wenn sie nur schnell käme, damit ich zu meiner Mutter nach oben gehen kann. Und als hätte sie gespürt, daß meine Gedanken abschweiften, springt sie hoch, schnappt das Fleisch und verschwindet.

Sie schläft. Es ist ein anderer, nervöser Schlaf, ohne Schnarchen. Die Hand, die ich unter die Decke geschoben habe, hat sich befreit und bewegt sich, bald krallt sie sich in die Decke, bald um die Papiertaschentücher, die sie in Fetzen zermalmt. Ich schiebe ihr ein neues zu, sofort hebt sie es an den Mund und wischt sich die trockenen Lippen ab.

«Ich möchte, daß du trinkst.»

Sie macht ein Zeichen der Ablehnung.

«Versuch es. Du mußt trinken.»

Als ich ihren Kopf hebe, gibt sie nicht nach, wie schon gestern, sie bleibt verkrampft und preßt die Zähne zusammen. Wie sie sich verändert hat! Die Kieferknochen treten stärker in ihrem Gesicht hervor, wohl weil sie magerer geworden ist, die Haut ist gleichmäßig weiß, die Augenbrauen wirken dunkler, die Augenhöhlen tiefer.

«Bleib.»

«Ja, ich bleibe bei dir.»

Ich lege mich neben sie.

«Deine Enkelin kommt dich morgen besuchen, sie hat gerade ein Kind bekommen, einen Jungen. Erinnerst du dich?»

«Rede.»

«Erinnerst du dich? Als er geboren wurde, habe ich dich von der Klinik aus angerufen und es dir erzählt. Er kam um halb drei auf die Welt. Du hast gesagt: ‹Wie froh ich bin, ein Junge!›»

Sie schläft. Der Briefumschlag liegt auf dem kleinen Sekretär, ich habe ihn vorhin nicht an mich genommen und wage auch jetzt nicht, ihn zu öffnen; ich habe die Vorstellung, daß der verschlossen bleiben muß, da sie die Fotos nicht mehr sehen kann. Meine Mutter geht, das Kind kommt. Sein erster Schrei vor sechs Wochen, und die Tränen der Rührung. Und davor unser eigenes Glück beim ersten Schrei des neugeborenen Mädchens, das nun seinerseits Leben schenkt. War meine Mutter glücklich gewesen über meine Geburt? Sie hat es mir nie gesagt; sie erzählte mir nur von ihrer zarten Gesundheit und der Gefahr, in der sie schwebte.

Sie beginnt, ihr rechtes Bein zu bewegen, sie hebt die Bettdecke, ihre Hand stößt das Laken weg, versucht von neuem, sich das Nachthemd und die Windel vom Leib zu reißen.

«Du wirst frieren. Hast du Schmerzen?»

«Gelenkrheumatismus ... Muskelschmerzen ...»

Ich massiere sie sanft.

«Ja, ja ... Gut.»

Und während meine Hand über ihre Haut streicht, die sich unter meinen Fingern runzelt, durchzieht die erste Erinnerung, die ich an sie habe, mein Leben und löscht die Zeit aus. Sie ist so deutlich wie manche Träume, die sich ins Gedächtnis einfressen wie Farbfotos auf Glanzpapier. Ich habe meiner Mutter oft davon erzählt, weil ich fürchtete, sie mir eingebildet zu haben. «Nein», versicherte sie, «es ist eine wirkliche Erinnerung, ich litt an Gelenkrheumatismus, als du klein warst, und dein Vater ist Tag und Nacht bei mir geblieben.»

Ich gehe an der Hand meiner Großmutter, wir kommen an einen runden, von weißen Häusern gesäumten Platz, wir betreten eines von ihnen, es gibt einen Aufzug, Flure und einen merkwürdigen Geruch, den ich nicht kenne. Meine Großmutter sagt mir, daß wir meine schwerkranke Mutter besuchen. Ich dürfe sie nicht anfassen, nicht küssen, weil sie große Schmerzen habe. Ein Teil des Zimmers, in das wir eintreten, ist schattig, meine Mutter liegt in einem Bett, das mir sehr hoch vorkommt, sie dreht den Kopf zu mir und beobachtet, wie ich näherkomme. Sie spricht leise, ihre Haare sind aufgelöst, und sie ist bleich. Ich stehe neben dem Bett, mir ist zum Weinen zumute. Ich traue mich nicht, sie anzufassen. Sie schlägt die Decke zurück und zeigt mir ihr geschwollenes Knie, sie sagt mir: «Wehweh, nicht anfassen.» Ich sehe dieses Knie an, das riesig ist und weiß und ihr Schmerzen bereitet, bis sie es wieder zudeckt. Hinten im Zimmer, am Fenster stehend, beobachtet mich eine reglose Gestalt. Ich kann ihr Gesicht nicht erkennen, aber ich glaube, daß es mein Vater ist. Der Besuch dauert nur ein paar Minuten. Ich habe nichts gesagt, mich nicht von der Stelle gerührt.

«Du mußt etwas trinken ... Champagner, Wein, Tee?»

«Wein.»

Diesmal lockern sich ihre Zähne und lassen den Flaschenhals durch, aber meine Mutter bleibt passiv; weder Saugen noch Schlucken. Sie hat es vergessen.

«Sauge, schlucke, mir zuliebe.»

Nichts. Ich habe Angst, daß sie erstickt oder zu husten anfängt. Ich tupfe die Flüssigkeit um ihren Mund ab. Sie hat nichts getrunken. Sie wird nicht trinken, nichts mehr trinken. Sie entspannt sich in meinem Arm und schenkt mir die Andeutung eines bedauernden Lächelns.

«Du liegst in deinem Bett, wir sind zusammen. Schlaf ein bißchen.»

Sie öffnet die Augen nicht. Einen Augenblick lang wirkt sie wieder ruhig und heiter. Sie entfernt sich und weiß es, sie sinkt in den Schlaf, der nicht Kraft spendet, sondern das Leben entzieht. Und das Bild des Nachens kehrt wieder, eine Mischung aus Tristan und Isolde und der ägyptischen Mythologie: Meine Mutter liegt am Ufer, blind, die Augen geschlossen, sie weiß, daß das Boot naht, sie hört den Wind im Segel, das von den Rudern aufgerührte Wasser. Sie erwartet es, ruft es vielleicht: in das Boot steigen, fortgetragen werden, das ist für sie die Ruhe, die Stille, der tiefe Schlaf. Sie versinkt in den Erinnerungen der Vergangenheit wie das Kind im Fruchtwasser. Sie kehrt zurück in den großen Bauch des Kosmos, ins Nichtsein, die Hilflosigkeit des Neugeborenen durchlaufend.

Ich glaubte, sie schliefe, aber kaum hörbar:

«Sprich», sagt sie, «erzähl von den Katzen.»

Sie hat sie verabscheut, und nun beschäftigen sie ihre Gedanken ebensosehr wie ihr Vater und mein Vater.

«Ich habe ihnen den Rest des Brathähnchens gegeben, das im Eisschrank lag, ich habe die Knochen entfernt, sie haben es sich schmecken lassen ...»

«Sie sind glücklich ... Es ein bißchen schön haben wie sie ... Mich ausruhen, ein wenig erholen.»

Mein Leben lang habe ich sie sagen hören «Ich bin müde», «Ich bin überlastet», «Man läßt mich nicht zu Atem kommen», «Ich hätte eine große Künstlerin sein können, aber ich mußte mich für meine Mutter aufopfern, für dich, meine Tochter.» Ich bekam die Last dieses Opfers zu spüren, wagte aber nicht zu fragen, worin es bestanden hatte, was mein Teil der Schuld war.

Mir scheint, daß sie von Stunde zu Stunde magerer wird. Ich bette ihre leblose Hand neben sie und betrachte die langen dünnen Knochen, die blauen Adern, die faltige Haut. Das Nasenbein, die Schläfen, die Kiefern nehmen immer mehr Raum in dem Gesicht ein. Zum erstenmal schwebt Uringeruch im Zimmer. Heute morgen hat die Krankenschwester die schmutzige Windel einen Augenblick auf das Linoleum gelegt, ich wage nicht, mit dem Scheuertuch darüberzugehen. Unten im Korridor reihen sich die Müllsäcke an der Wand: die Müllarbeiter streiken.

Ich bleibe bei meiner Mutter. Sobald ich mich entferne, höre ich sie nicht mehr atmen. Der Arzt wird kommen. Ich habe es ihr nicht gesagt. Sie schläft. Ihre Hand bewegt sich kaum.

Er läutete um vier Uhr, wie er versprochen hatte. Er ist jung, groß, stark. Ein dunkler, sensibler Blick, volle Lippen. Wir haben miteinander gesprochen, dann sind wir zu meiner Mutter hinaufgegangen. Er hat gesagt: «Ich bin der Doktor, gnädige Frau.» Keine Reaktion. Vielleicht hat sie ihn gehört und wollte nicht reagieren? Er hat sie wortlos beobachtet. Er hat ihren Blutdruck gemessen, ihren Puls, ihren Rücken angesehen und die Haut ihres Arms zwischen Daumen und Zeigefinger gedrückt. Auf gut Glück habe ich gesagt: «Man tut dir nichts. Man wird dir nichts tun. Der Doktor will bloß deinen Blutdruck messen.» Er hat sie noch einmal angesehen und dann sein Meßgerät eingepackt. Wir sind wieder hinuntergegangen, um zu reden. Er hat sich an den kleinen viereckigen Tisch, der vor der Tür zum Garten steht, gesetzt. «Lassen Sie mich nachdenken.» Er hat die Möbel betrachtet, die Bibliothek, die Unordnung, und er hat gelächelt. «Wir sind bei Künstlern», hat er gesagt. Und weiter:

«Also: drei Lösungen sind möglich, ich nenne sie Ihnen. Erstens: Man bringt sie ins Krankenhaus, versucht noch etwas, aber das ist ohne Hoffnung, sie kann sich nicht wieder erholen, sie wird gelähmt bleiben und das Bett nässen. Man kann ihr Leben um ein paar Wochen verlängern. Zweitens: Man läßt sie so, sie kann noch fünf oder sechs Tage leben, keine Woche. Sie wird verdursten, das ist sehr schmerzhaft, sie wird an ihren Druckwunden leiden, die sich im Rücken schon zu bilden beginnen. Drittens: Man versetzt sie in Tiefschlaf, um ihr einen qualvollen Tod zu ersparen. Vielleicht verbieten die religiösen Überzeugungen Ihrer Mutter oder Ihre eigenen diese Lösung, die Entscheidung liegt bei Ihnen.»

«Kein Krankenhaus. Kein Leiden ohne Hoffnung. Die dritte Lösung.»

Er schreibt einige Rezepte. Eins pro Dosis.

«Werden Sie ihr die Spritzen selbst geben?»

«Ich hätte lieber eine Krankenschwester. Auch wegen ihrer Toilette. Könnten Sie schon für heute abend eine besorgen?»

Sie hat mir das Leben geschenkt, ich werde ihr den Tod schenken. Ich werde ihr die Spritzen nicht geben.

«Ich will es versuchen», sagte er. «Sollte ich keine finden, werde ich heute abend selbst kommen.»

«Hat sie Schmerzen? Sie war ruhig, heiter, jetzt nicht mehr.»

«Sie hat keine Schmerzen, aber sie fühlt sich unbehaglich. Man muß sehr bald mit den Spritzen beginnen, sonst wird sie leiden. Sie ist bereits ausgetrocknet, und die Druckwunden werden überall aufbrechen, von der Lähmung wird sie nichts spüren, aber ansonsten wird es sehr schmerzhaft sein. Da wir beschlossen haben, sie nicht leiden zu lassen, dürfen wir keine Zeit verlieren. Holen Sie so schnell wie möglich die Medikamente. Und vergessen Sie nicht Watte und Alkohol.»

Hinaufgehen, sie ansehen, zu ihr sprechen, wieder hinuntergehen, den Katzen zu fressen geben, einen Telefonanruf beantworten, und während die notwendigen oder nur ablenkenden Gesten getan werden, wie ein endloser Faden die Vision des Augenblicks der Spritze. Ein weiterer, unwiderruflicher Schritt zum Tode. Eine Hand, die meine, hält den Kopf meiner Mutter unter Wasser. Klischees haben ein zähes Leben, weil sie einen Teil Wahrheit enthalten, wie Gemeinplätze und Sprichwörter.

Als es zu dämmern beginnt, ist sie wieder sehr unruhig, ihre Hand klammert sich an ihre Nachtwäsche, sie wendet erstaunliche Kraft an, um sie sich vom Leibe zu reißen. Plötzlich packt sie meine Hand, drückt sie, läßt sie los, nimmt sie wieder, führt sie zu ihrem Bein, das ich sanft massiere; sie beruhigt sich ein wenig, nicht lange, die Erregung packt sie erneut, es ist, als ob sie Geräusche oder Laute hört, die ihr weh tun und sie beunruhigen:

«Willst du trinken?»

«Tee.»

Ich weiß, es ist der letzte, den ich ihr koche. Aber ihre Kiefer bleiben aufeinandergepreßt und lassen nichts durch. Sie beruhigt sich, ergreift wieder meine Hand, drückt sie, läßt sie los und hebt die ihre tastend an mein Gesicht, über das sie mit einer Art Raserei fährt, bis es mir weh tut. Ihre Finger werden Krallen, sie kratzt mich, zieht mich zu sich, und ich küsse ihr Gesicht. Ist das ihr Abschied? Ich nehme es als solchen und sage mir, daß sie vielleicht alles begriffen hat, daß sie einverstanden ist und es mich wortlos wissen läßt.

Der Arzt hat angerufen, eine Krankenschwester wird um halb neun kommen. Ich habe einen Tisch abgestaubt und die Medikamente daraufgestellt: Valium-Ampullen, Spasmalgin-Ampullen, Watte,

Alkohol, Spritzen. Meine Mutter liegt wieder in tiefem Schlaf, es scheint, als habe sie sich nach dem fast wilden Gefühlsausbruch mir gegenüber bereitswillig in ihn hineingestürzt. Ihr Schnarchen erfüllt das Haus; je dunkler es wird, um so lauter wirkt es; die Cousins sind fortgegangen, die Katzen zu ihren Stelldicheins oder in ihre geheimen nächtlichen Unterschlüpfe verschwunden. Ich mache die rituellen Gesten des Abends. Jedes Geräusch stört mich, es trennt mich vom Atem meiner Mutter. Ich kann die Geräusche der Straße vergessen, die Schritte auf dem Trottoir, den Auspuff der kleinen Motorräder, das Knirschen der Räder auf den Schienen, das Quietschen der Bremsen, aber die Geräusche, die ich selbst mache, dröhnen und tun mir weh, dabei sind sie winzig: mein Messer, das auf der roten Tomate abrutscht, die mein Cousin für mich in seinem Garten gepflückt hat, die Schale des hartgekochten Eies, die ich zerbreche, indem ich sie rolle und auf das Holz des Tisches drücke, ein Möbelstück, das knackt. Ich betrachte den Sessel, in den meine Mutter sich nicht mehr setzen wird. Nach ihrem ersten Anfall letzten November konnte sie nur noch mühsam gehen. Als ich sie mit mir nach Paris nahm, hatte sie sich zuerst gegen jede Heilgymnastik gesträubt, aber nach und nach, angespornt von dem Willen, mich so schnell wie möglich zu verlassen – «du hast mich in eine Falle gelockt», sagte sie, «wenn du mich nicht gehen läßt, lasse ich mich sterben, und du bist schuld an meinem Tod» –, ließ sie sich überreden, jeden Tag ein wenig Gehen zu üben, zwischen dem Bett und dem Wohnzimmer, in dem wir aßen. Sie stützte sich auf die Lehne eines Stuhls, an dem ich zog. Sie setzte sich in einem alten Pelzcape zu Tisch, die Beine in eine Decke gehüllt, die Augen trotz der grauen Novembertage hinter einer dunklen Brille verborgen. Sie aß, ohne ein Wort zu sagen, es sei denn, um das Essen, das ich zubereitet hatte, und die Kälte der Wohnung zu kritisieren, die sie zwang, wie sie sagte, sich einzumummen. Die Heizung war voll aufgedreht, in den Zimmern waren es fünfundzwanzig Grad, und meine Grünpflanzen gingen ein.

Nach einem Monat reiste sie ab, um sich in einem «Seniorenheim» einzumieten, wo sie «endlich ein anständiges Zimmer» haben würde. «Das hier ist eine Rumpelkammer. Du hast deine Mutter in eine Rumpelkammer gesteckt, während ich dir ein Haus im Süden geboten habe.» – «Es war das Kinderzimmer, es ist groß und hell.» – «Eine Rumpelkammer. Basta. Da unten werde ich verköstigt und gepflegt.» Doch nach wenigen Tagen entschied sie, daß es ein Zuchthaus sei und man sie dort ermorden wolle. Man ließe sie verhungern. Sie verstand nicht, wie ihre Freundinnen mit diesem Haus hatten zufrieden sein können. Sie weigerte sich, den Hausarzt zu empfangen und sich von den Schwestern pflegen zu lassen. Das einzige, was sie mit Leidenschaft tat, war, sich im Gehen zu üben, sie konnte ihr Bein wieder benutzen und rief mich, um mir ihre neuen Forderungen mitzuteilen. Dieselbe Erpressung begann, es ging um ihr Leben oder ihren Tod: «Ich werde dich verfluchen, und du wirst den Tod deiner Mutter auf dem Gewissen haben. Ich will nach Hause. Jeder hat das Recht, in seinem Haus zu leben und zu sterben.» Andererseits sagte man mir, daß ich verantwortlich für sie sei. Ich stellte als Bedingung für ihre Heimkehr, daß jemand bei ihr leben müsse. «Tag und Nacht, davon kann keine Rede sein. Ich will niemandes Sklave sein, ich bin eine freie Frau.» Man schloß einen Vergleich; ihr Neffe schlug ihr vor, daß er sie nachmittags zu ihr nach Hause bringen wolle und abends wieder zurück ins «Seniorenheim». Einige Tage vergingen, dann erklärte sie, sie wolle in ihrem Haus leben. Wir konnten sie dazu überreden, eine Haushälterin zu dulden, die die Einkäufe machen, das Mittagessen kochen und das Geschirr spülen würde. Wieder war es ihr Neffe, der eine tüchtige Italienerin fand, die behauptete, sie kenne sich «in der Psychologie alter Menschen» aus. «Das Wichtigste ist, daß man ihnen in den ersten Tagen nicht widerspricht, dann gewöhnen sie sich an einen, und es geht sehr gut.» Ich hoffte, daß sie recht hätte ... Das gute Einvernehmen währte fünf Tage. Die Italienerin beschwerte sich, daß meine Mutter ihr überallhin folge, aufpasse, wie sie spüle, wieviel Putzmittel sie verwende, wie sie das Gemüse koche, den Fisch zubereite. Eines Morgens weigerte sich meine Mutter, ihr die Tür aufzumachen, unter dem Vorwand, daß sie beschäftigt sei; in den nächsten Tagen entschied sie, daß diese Anwesenheit völlig überflüssig sei: ihre

Nachbarn besorgten die Einkäufe sehr viel besser, und sie sei durchaus in der Lage, ihre Mahlzeiten selbst zu kochen. «Ich widme mich viele Stunden der Meditation, und die Anwesenheit einer Fremden stört mich.» Der Neffe zahlte die Italienerin aus, und meine Mutter war wieder allein wie vor ihrem Anfall. «Ich habe überhaupt nichts gehabt», sagte sie, «und ich weiß nicht, warum man mich ins Krankenhaus gebracht hat. Man wollte mich loswerden und hat irgendwas erfunden.» Da meine Mutter ihr Bein trainiert hatte, als sie die Italienerin durch das ganze Haus verfolgte, konnte sie, auf zwei Stöcke gestützt, wieder gehen. Ihre Schritte waren unsicher, aber sie steckte sich den Weg genau ab, indem sie überall, wo sie sich ausruhen wollte, Sitzgelegenheiten aufstellte und einige Möbelstücke ein wenig verrückte.

Ich sehe sie noch, wie sie sich in den letzten Monaten von ihrem Sessel erhob, einem Sessel aus hartem schwarzen Holz mit geschnitzter Rückenlehne, ohne Kissen. Sie stützte sich auf eine der Armlehnen, streckte den rechten Arm zu dem runden Ofen, der nie angezündet worden war und als Abstelltisch diente, und machte einen Schritt zur Staffelei, auf die sie ein von einem verstorbenen Freund gemaltes Bild gestellt hatte: eine Ansicht vom Cap Nègre. Der nächste Schritt führte sie zum Türrahmen, dann ging sie weiter, indem sie sich gegen die Wand des kleinen Flurs stützte, und betrat die Küche, dort stützte sie sich zu ihrer Rechten auf den Kühlschrank, dann auf eine Konsole, und von hier aus gelangte sie zum Spülbecken. Wenn sie sich umdrehte, stand sie dem alten Gasherd gegenüber, dessen Backofentür nur schloß, wenn man sie mit einem Korken zuklemmte. Man konnte weder mehrere Flammen zugleich anzünden, noch die Stärke der Flamme regulieren, aber das störte sie nicht; sie war daran gewöhnt. Seit die Italienerin entlassen worden war, hatte sie die Scheuertücher durch Küchenpapier ersetzt, und um nicht mehr spülen zu müssen, wischte sie ihren Teller und ihr Besteck damit ab und verstaute alles im Kühlschrank.

Sie war in den letzten Monaten ihres Lebens sehr glücklich gewesen, zu Hause zu sein. Sie hat es ihren Nachbarn gesagt, sie hat es mir gesagt, ihre Aggressivität hat nachgelassen, aber sie ist sehr mißtrauisch geblieben. Sie schlief immer länger, der Schlaf überfiel sie an jedem Ort, zu jeder Zeit.

Heute abend schläft sie ganz hinten in ihrer Höhle. Ich gehe zu ihr hinauf. Ich möchte ihre Stimme die präzisen Worte sprechen hören, die sie mir hin und wieder stockend sagte. Ich frage sie ohne große Hoffnung:

«Geht es dir gut? Ich bin bei dir, ich verlasse dich nicht. Du bist zu Hause, in deinem Zimmer, in deinem Bett.»

Immer dieselben Worte, damit sie weiß, daß alles so geschieht, wie sie es gewollt hat. Nicht die Spur einer Antwort, kein Zeichen der rechten Hand, kein

Zucken der Augenlider. Sie bleibt unbewegt, nicht das kleinste Zittern im Gesicht. Der Kontakt ist vor der ersten Spritze abgebrochen. Ich spreche zu ihr, so wie man eine Flasche ins Meer wirft. Und ich denke an das Kind, das dreihundert Kilometer von hier entfernt gierig saugt, rülpst, die Engel anlächelt. «Nein, nein», sagt meine Tochter am Telefon, «uns lächelt es an.»

Die Krankenschwester wird gleich kommen, ich gehe hinunter und warte auf sie neben dem Tisch, auf dem sich die Medikamente befinden. Ich lese die Zusammensetzung, manche Namen sagen mir nichts, andere wecken ein Echo: Papaveretum 10 mg, Atropin 1 mg usw. «Mich nicht leiden lassen. Mich nicht behindert leben lassen. Mein Leben nicht verlängern. Mich nicht ins Krankenhaus bringen. Schwör es mir. Schwör es mir. Sag die Worte.» – «Ich schwöre es.» Dieselben Wünsche wie die meinen. Wie schwer es ist, sie in die Tat umzusetzen. Meine Mutter stirbt, ein Kind wird geboren, ein Paar liebt sich, ein anderes Kind wird geboren werden. Verlangen des Mondes nach der Erde, der Erde nach der Sonne, Verlangen zwischen Mann und Frau, Verlangen des Kindes nach dem Leben, vielleicht Verlangen meiner Mutter nach dem Tod.

Was sieht sie, was denkt sie in diesem Augenblick? Nichts? Was heißt nichts? Ich gehe wieder hinauf und bleibe am Fuß ihres Bettes stehen, um sie zu betrachten. Ich sehe, daß sich ihr Bein unter der Decke bewegt, ihre Hand das Laken umklammert. Kann sie meine Gegenwart noch wahrnehmen? Störe ich sie?

«Mama. Ich bin da.»

Nichts, absolut nichts. Das Bein, die Hand – das sind nervöse, unbewußte Bewegungen. Mir wird klar, daß es nie wieder eine Kommunikation zwischen uns geben wird. Sie ist in ihrer Welt, ich in der meinen, und ich kann sie nicht mehr erreichen. Ich kann sie ansehen. Mehr nicht.

Die Krankenschwester hat geläutet, ich gehe hinunter, warum war ich nach oben gegangen? Ich hatte dieses Läuten erwartet, es war da wie ein Faden, der durch meine Gedanken läuft, und trotzdem hat es mich überrascht. Auf der Schwelle steht ein blühendes junges Mädchen, ein Renoir. Sie liest die Rezepte. «Der Doktor hat mich angerufen und mir gesagt, ich solle die Dosis verdoppeln.» Ich sehe sie zwei Spritzen auspacken: «Sie haben deutsche auftreiben können, das sind die besten.» Sie bricht vier Ampullen auf. Ihre Augen suchen nach einem Papierkorb, sie zieht die Spritzen auf, läßt die Flüssigkeit in die Nadel zurückfließen, legt die vollen Spritzen nebeneinander, nimmt die Watte, tränkt sie mit Alkohol:

«Wo ist die Kranke?»

«Im ersten Stock. Wenn Sie nicht sprechen, wird sie Ihre Anwesenheit gar nicht bemerken.»

«Wie Sie möchten.»

Der Körper meiner Mutter liegt gut, ganz leicht nach rechts gedreht. Ich nehme ihre Hand, während die Krankenschwester um das Bett herumgeht und die Decke zurückschlägt. Sie schnarcht kräftig und reagiert nicht auf die Spritzen, doch als die feuchte, kalte Watte über ihre Haut streicht, zieht sie eine Grimasse, die nicht vom Schmerz herrührt; wie eine Katze bewegt sie Nase und Lippen. Auf der Treppe frage ich die Krankenschwester. «Es war mit Alkohol vermischter Äther, sie muß ihn eingeatmet haben», sagt sie.

«Sie haben sie wieder auf den Rücken gelegt. Haben Sie keine Angst vor den Druckwunden?»

«Auf dem Rücken liegt sie bequemer, und die Druckwunden haben jetzt keine Bedeutung mehr. Ich komme morgen früh wieder, für die Toilette und die Spritzen.»

«Wenn ich den Doktor brauchen sollte ...»

«Sie wird schlafen, Sie werden keinen Arzt brauchen. Auf jeden Fall hat er Ihnen seine Nummer dagelassen, Sie können ihn jederzeit erreichen.»

Sie lächelt mir zu, reicht mir die Hand. Sie ist schön und gesund. Vielleicht geht sie zu ihrem Liebhaber. Sie steigt in ihren Wagen, einen roten 2 CV. Ich lösche das Licht, gehe nach oben, mit ihrem kleinen Satz, der sich in meinem Kopf festsetzt: «Die Druckwunden haben jetzt keine Bedeutung mehr.» Meine Mutter schnarcht wie ein Feuersturm, räuspert sich, den Mund offen, den Kopf durch die Kissen erhöht. Ich berühre ihre Stirn, sie ist lauwarm. Ich ziehe mich gleich wieder auf die Türschwelle zurück. Ich werde nicht mehr zu ihr sprechen, ihr nicht mehr sagen: «Du bist zu Hause, in deinem Zimmer, in deinem Bett, ich bin bei dir, ich verlasse dich nicht.» Das Licht vom Vorplatz taucht das Bett in Halbdunkel, wie am ersten Abend, und Schatten spielen auf ihrem Gesicht und ihrem Körper. Ich wage weder etwas anzufassen noch den Brief meiner Tochter an mich zu nehmen, der immer noch daliegt in seinem langen weißen, mit einer feinen Schrift bedeckten Umschlag; es quält mich sogar, die Sachen im Zimmer anzusehen. Wie ich schon sagte, habe ich dieses Zimmer, dessen Tür ständig offenstand, das jedoch immer dunkel war, nie betreten. Als meine Mutter dieses Haus kaufte, «damit mein Hund ein Zuhause hat und nicht in einem Mietshaus wohnen muß, wo der Eigentümer uns vor die Tür setzen kann», hatten die Möbelträger die blaßblauen Samtvorhänge aufgehängt; noch am selben Abend hatte sie sie zugezogen und seitdem nie wieder geöffnet. Wenn ich sie besuchte, pflegte ich auf einer der Treppenstufen sitzen zu bleiben, während sie sich im Klavierzimmer auszog und sich dann zu Bett legte, nachdem sie die Kopfkissen geklopft hatte. Wir sprachen fünf Minuten miteinander, es war sieben oder acht Uhr: «Ich schlafe, es liegt am Champagner», sagte sie, «morgen kaufst du frisches Brot. Wenn du nicht da bist, habe ich kein frisches Brot.»

Heute abend steht der Champagner im Kühlschrank, sie wird ihn nicht trinken. Es ist das erste Mal, daß wir uns wiedersehen, ohne welchen zu trinken. Ich habe nichts zu tun, ich denke an nichts, ich habe nur Empfindungen, die einer intensiveren Einsamkeit als an den anderen Tagen. Auf dem ungemachten Bett im zweiten Stock liegend, höre ich meine Mutter atmen: bei jedem Atemzug verläßt sie ein Stück Leben, unwiederbringlich, breitet sich im Treppenhaus aus und steigt zu mir hinauf. Zu ihr gehen, sie schütteln, sie aus ihrem Schlaf reißen und ihr sagen: «Atme nicht so stark, atme leicht, verströme dich nicht.» Der Wunsch, durch die Nacht zu gehen, durch die leeren, schon stillen Straßen, auf denen man nur das Geräusch eines Autos oder den Strahl eines Scheinwerfers bemerkt. Luft schnappen. Tief durchatmen, spüren, wie die frische Luft in meinen Körper eindringt, bis zur Taille, und dann langsam ausatmen und wieder einatmen und voll Glück die verpestete Stadtluft bewahren. Sich vorstellen, in der Stadt herumzugehen, das heißt, die gepflasterten Straßen zu sehen, mit ihren vier Schienen, auf denen die gelben Trams fahren und vibrieren: Ich habe meine Mutter auf die Schienen gebracht, die geradewegs in den Tod führen.

Lange, unruhige Nacht. Beim ersten Bewußtseinsschimmer versuche ich, ihren Atem zu hören. Um ihn zu erreichen, durchquere ich undurchdringliche Räume, durch die ich mich hindurchtaste, auf der Suche nach dem einzigen Geräusch, das mir wichtig ist. Ich höre es und sinke sogleich wieder in Schlaf. So durchquere ich die Nacht, von Station zu Station. Vor der Morgendämmerung ertönt hin und wieder der rauhe Schrei des Vogels, während das Atmen, ihr Atmen sich weiterhin regelmäßig im Haus verströmt. Ich gehe hinunter, meine Mutter liegt in demselben Schlaf wie gestern abend; ein schwerer, schon tödlicher Schlaf. Sie hat sich nicht bewegt. Ihr Gesicht hat sich verändert, ist noch magerer geworden, streng, eine tiefe senkrechte Furche, die die Nase verlängert, teilt die Stirn in zwei Teile, die Haut ist grau, kaum runzlig. Sinnlos, zu ihr zu sprechen. Jetzt hat sie das Haus, ihr Zimmer, ihr Bett schon verlassen. Die Reise in ein unbekanntes Land hat begonnen. Ich streichle sie, murmle, daß ich da bin: es ist, als gösse ich Wasser auf Marmor, nichts dringt zu ihr. Die Krankenschwester wird gleich da sein, ich setze das Wasser auf, lege das Handtuch, die Seife, die Windel und sogar die Haarbürste zurecht. Sie beginnt mit den Spritzen, doppelte Dosis wie gestern abend. Während der Toilette zeigt meine Mutter, sogar als man ihr Gesicht mit Wasser benetzt, keinerlei Reaktion. Wir rollen sie auf die linke, auf die rechte Seite. Sie ist nur noch ein Herz, das schlägt. Die Krankenschwester hat präzise, knappe Gesten. Ich ziehe die Nadeln aus ihren Haaren, und sie bürstet und glättet sie, ohne an ihnen zu zerren. «Der Doktor kommt gegen Mittag, ich komme heute abend wieder.» Sinnlos, jetzt bei ihr zu bleiben. Heute nachmittag werden zwei meiner Kinder kommen. Wieder ein blauer Himmel, eine gedämpfte Sonne. Die Katzen sind da, ich füttere sie. Sie setzen die minuziöse Inspektion des Erdgeschosses fort. Die graue zieht meine Knie vor. Alle stürzen sich begierig in die beiden Zimmer. Sie sahen sie bisher nur durch die Scheiben, an denen jeden Tag eine Gestalt auftauchte, sie fütterte und mit ihnen sprach: «Ihr habt meine Vögel verjagt, ihr werdet die Jungen in den Nestern verschlingen. Ihr seid Räuber. Ihr kratzt mich, wo ich euch doch ernähre. Ich mag euch nicht, aber ich bin gütig.» Ja, lange Zeit hatte sie sie nicht gemocht, aber sie hatte viele Stunden damit verbracht, ihnen zuzusehen. Sie beobachteten sich gegenseitig, die alte Frau von ihrem Sessel aus, die Katzen auf dem alten Kühlschrank und der äußeren Fensterbank sitzend oder zusammengerollt. Sie beschrieb sie mir am Telefon, sprach von ihrem «Gesicht» und dem Ausdruck ihrer Augen, aber sie hatte Angst vor ihnen, wie manche Leute Angst vor Schlangen haben. Sie war fasziniert, nicht bezaubert. Was würde sie jetzt sagen, wenn sie sie unter die Möbel kriechen, auf den Tisch springen, die staubigen Winkel durchsuchen oder sich vertrauensvoll auf ein altes Kissen oder meine Knie legen sähe? Katzen haben die Gabe – wie schwarze Tänzer –, von einem Rhythmus in den anderen zu verfallen: sie springen, tollen herum, und mit einemmal, in magischem Einvernehmen, halten sie inne, in einer symmetrischen Ordnung, die Körper in dieselbe Richtung gewandt, die Blicke auf denselben Punkt geheftet. Heute morgen verhelfen sie mir zu einem Augenblick des Friedens. In France-Musique wird Mendelssohns Violinkonzert gespielt, die Katzen machen keinen Lärm, die drei getigerten haben sich hingelegt, die

Schwarzen streichen leise umher, bleiben manchmal stehen, und man könnte meinen, sie lauschten dem Gesang der Violine. Ich weiß, daß meine Mutter noch atmet, dort oben, daß sie über den Schmerz hinaus ist. Sie beendet ihren irdischen Weg, das Neugeborene beginnt den seinen. Die graue schnurrt, die Liebkosung elektrisiert ihr Fell, und unter ihrer warmen Haut spüre ich ihr Herz schlagen. Gleich ihr den Augenblick genießen, zu einem Tropfen reinen Glücks machen. Die Erinnerung verlieren, die Phantasie anhalten.

Der Arzt beobachtet meine Mutter, wir sprechen nicht, er sagt nicht wie gestern: «Gnädige Frau, ich bin der Doktor.» Er gibt ihr eine Largactyl-Spritze. Unten betrachtet er den Garten, bevor er sich hinsetzt, die Katzen sind verschwunden.

«Sie kann nicht mehr lange leben», sagt er, «aber sie hat ein kräftiges Herz.»

«Wann?»

«Wahrscheinlich noch heute, oder in der Nacht. Wollen Sie eine Krankenschwester, um nicht allein zu sein?»

«Wird sie leiden?»

«Nein. Sie leidet nicht, sie wird nicht leiden, ich versichere es Ihnen; der Atem wird stillstehen.»

«Dann kann ich allein sein.»

Der Arzt spricht, als hätte er Zeit zu verschenken: «Bei Ihrer Mutter ist es wahrscheinlich nicht der Fall», sagt er, «aber es kommt vor, daß man etwas für

Arteriosklerose hält, was nur eine Depression ist. Alte Menschen neigen zu Depressionen. Sie können durch ein Ereignis ausgelöst werden, das uns unbedeutend erscheint: daß jemand ihnen nicht guten Tag gesagt hat, sie brüskiert oder einfach bedrängt hat; der Tod eines Hundes, einer Katze oder sogar eines Vogels. Vor kurzem haben schon der Tod von Tino Rossi und Leopold III. solche verhängnisvollen Depressionen ausgelöst. Auch wenn sie diese Menschen nicht kennen, geht ihnen der Tod der Symbole ihrer Jugend nahe, und sie können ihr eigenes hohes Alter nicht ertragen, das ihnen plötzlich kraß in die Augen springt.» Die Nachbarinnen haben mir mit tränenerstickter Stimme vom Tod des ehemaligen Königs von Belgien erzählt, und mein Vetter hat mir gesagt, welchen Schock meine Mutter bekommen hatte, als sie im Radio die Nachricht von seinem Tod hörte. Sie hat ihm gesagt, sie hätte ihn gut gekannt, als er klein war. Reine Erfindung. Kann es sein, daß dieser Tod die Ursache ihres zweiten Anfalls war? Auf dem Tisch, auf dem sich die Medikamente befinden, lagen bunt durcheinander, neben dem Sessel meiner Mutter, die Bücher von Bachelard, Sri Aurobindo, Tagore, *Les Fioretti* und die Zeitschrift *Point de vue/Images du Monde*, die sich auf Reportagen über das Tun und Treiben der europäischen Königsfamilien spezialisiert hat. Die Nachbarinnen brachten meiner Mutter die interessantesten Nummern, und sie betrachtete dann die Fotos zwischen zwei Seiten philosophischer oder mystischer Lektüre und kommentierte sie und las die Unterschrift mit einer Lupe.

Der Arzt fährt fort: «Einen alten Menschen aus seiner Umgebung reißen, ihn von seinen Gewohnheiten abschneiden – heißt ihn töten oder wahnsinnig machen.»

«Ich habe es getan, vor knapp einem Jahr, auf ihre Bitte hin.»

«Und?»

«Dramatisch: Haß, Erpressung. Sie hat verlangt, hierher zurückzukehren, allein.»

«Normal», sagt er.

Es war vor elf Monaten, im November. Man hatte mich gerufen: meine Mutter hatte einen Anfall gehabt und war ins Krankenhaus gebracht worden. Ich betrat einen Gemeinschaftssaal, ich sah nur irrsinnige alte Frauen. Sie schrien, sangen, stöhnten, riefen, schnarchten. Einige waren festgebunden, andere in einem Gitterbett gefangen, ein oder zwei zogen sich nackt aus. Meine Mutter war unter ihnen, ich erkannte sie nicht gleich. Sie preßte sich in meine Arme: «Meine Tochter, du bist da.» Ich dachte: «Sie spricht, und gestern abend sagte man mir, daß sie die Sprache verloren habe, also hat sie sich in weniger als vierundzwanzig Stunden erholt. Sie ist gerettet.» Ihr Blick hatte sich verändert, er war ängstlich und flehte um Schutz.

«Wo bin ich?»

«Dein Neffe hat dich hierhergebracht, weil du

dich verletzt hast, als du zu Hause hingefallen bist, und weil du Schmerzen hattest. Man konnte dich nicht allein lassen.»

«Ich erinnere mich nicht. Ich habe Schmerzen, ja. Was ist mir passiert?»

«Man weiß es nicht. Du warst allein. Dein Neffe hat dich angerufen, du hast gestöhnt, er ist sofort gekommen. Du hast ihm die Tür aufgemacht und konntest kaum gehen. Jetzt bin ich da, ich verlasse dich nicht.»

«Wann ist das passiert?»

«Gestern nachmittag.»

«Wo bin ich?»

«Im Krankenhaus. Gestern konntest du nicht sprechen, heute sprichst du sehr gut.»

«Ich erinnere mich nicht.»

«Mach dir keine Sorgen, du stehst noch unter dem Schock, du wirst dich an alles erinnern und es mir erzählen. Ruh dich aus, sei unbesorgt.»

Sie hatte die Augen geschlossen, meine Hand umklammert. Im Zug hatte ich gedacht, sie wäre vielleicht schon tot, wenn ich käme. Hüftbeinbruch. Es ihr nicht sagen. Nicht über den Anfall reden. Sie wird nur beobachtet. Man wird sie nicht behandeln. Seit sie alt war, sah ich sie zum erstenmal am hellichten Tag im Bett liegen. Meine Erinnerungen an meine im Bett liegende Mutter waren die an eine schöne Frau, die ihre schwarzen Haare auf den Kopfkissen eines sehr breiten Bettes auszubreiten und ihren Arm und ihre Hand in einer sanften Biegung auf die Decke zu legen verstand, wenn ich sie morgens aufsuchte, um sie zu küssen, bevor ich zur Schule ging. Sie hatte damals absolute Macht über mich: sie küßte mich, und ich war glücklich. Heute war ich ihre Mutter. Schon am nächsten Tag hatte sie mich gebeten, bei mir leben zu dürfen. «Die Zeit ist gekommen, da ich nicht mehr allein und nicht mehr von dir entfernt sein kann. Nimm die Dinge in die Hand.» Eine Woche später war sie in Paris, aber der Bericht des Krankenhauses schloß mit den Worten: «Altersschwachsinn.» Das Urteil kam mir zumindest übertrieben vor. Sie hatte Moment des Irreseins, vor allem Zustände von Überspanntheit, die sich nicht eindämmen ließen; das war bei ihr nichts Neues, eine Melodie, eine Erinnerung, die durch ein nur von ihr wahrgenommenes Zeichen wachgerufen wurde, hatten schon immer die Macht gehabt, ihr Wesen zu verändern oder es vielleicht zu enthüllen.

Die Nacht ist gekommen, ohne daß ich es bemerkt habe. Zwei meiner Kinder waren hier und sind wieder abgereist. Sie sahen meine Mutter nicht bei Bewußtsein. Ihre Anwesenheit hat gutgetan. Meine Tochter hat von ihrem Kind erzählt. Es trinkt seine Flasche in wenigen Minuten, es lächelt, es ist gern im Wasser. «Jeden Tag macht es Fortschritte, es nimmt zu. Seine Augenfarbe hat sich nicht verändert. Seine Ohren und Fingernägel sehen aus wie Muscheln. Nachts weckt es uns noch. Es ist gewachsen. Es schreit nicht.» Ich stelle mir dieses regelmäßige, ruhige, kaum hörbare Atmen vor. Nichts ist besänftigender als der Schlaf eines kleinen Menschen oder Tieres, oder sogar mancher Blumen, die sich am Abend schließen und sich erst wieder öffnen, wenn das Licht zurückkehrt. Mir scheint, als sähe ich die Luft, die sie einatmen, von der sie nehmen und behalten, was sie brauchen, die sie dann wieder ausstoßen, um einen neuen Zug zu nehmen und so weiter, ohne je innezuhalten. Ich lausche dem mühsamen, geräuschvollen Atem meiner Mutter, ihrer letzten Arbeit, die sie zu erschöpfen scheint. Ich bleibe am Fuß ihres Bettes stehen. Wie fern sie ist, schon jenseits der Zwischenwelten, unerreichbar. Ihr Gesicht ist wächsern geworden, um den Mund herum etwas bläulich, die Nase hart, die Nasenflügel sind verkniffen. Heute abend ist der Tod ganz nahe, er streicht um das Bett. Die Krankenschwester gibt die Spritzen, wechselt die Windel, sie bemerkt, daß der Bauch angeschwollen ist. «Das hat keine Bedeutung mehr», sagt sie. «Bis morgen.» Ich kenne jetzt das Geräusch ihres 2 CV, und wenn sie um die Straßenecke biegt, ist die Nacht schwärzer. Es ist Samstag, die Fenster in der Straße sind erleuchtet, Leute kommen vorbei und schwatzen vor dem Haus, die Gehsteige sind voller Müllsäcke, einige sind von den Katzen aufgerissen worden. Wieder lasse ich die Rollläden herunter, schließe die Türen, stelle den Gong vor die Eingangstür und schiebe den Schlüssel der Glastür unter das Stanniol. Ein Hund bellt, meine Schritte dröhnen im Flur, ich lösche die Lampen außer dem Treppenlicht und gehe hinauf, das mühsame, pfeifende Atmen meiner Mutter in den Ohren. Ich bleibe stehen, um sie anzusehen, ich erkenne ihr Gesicht kaum noch wieder, es ist hart geworden, von einer neuen Materie zwischen Marmor und Elfenbein, die geschlossenen Lider scheinen wie zusammengeschweißt, die Lippen über dem halboffenen Mund sind entspannt. Es drückt nicht mehr die heitere Durchsichtigkeit aus wie noch manchmal vor zwei Tagen, aber auch nicht das verzweifelte Unglück, wenn die blinden Augen sich öffneten.

Die Nacht ist lang, aufgeteilt zwischen Schlaf und Wachen; in jedem bewußten Augenblick mache ich mich auf die Suche nach dem Geräusch des Atems, finde es, sage mir, «sie lebt noch», und sinke wieder in die Bewußtlosigkeit. Als der Schrei der Elster die Stille zerreißt, höre ich meine Mutter nicht mehr atmen, ich gehe hinunter, ihr Atem ist kurz, schwach, bleibt in der Schwebe, endet dann mit einem leichten Schluckauf. Der Tag bricht an, die Tauben gurren. Wie sehr ich den Gesang der Amsel liebe.

Es regnet, ein feiner Regen fällt geräuschlos aus einem kaum grauen Himmel, es ist nur eine vorüberziehende Wolke. Kein Autogeräusch auf der Straße, die Ruhe der Sonntagvormittage. Mein jüngster Sohn wird gegen Mittag kommen. Jetzt muß ich das Zimmer betreten, um meine Mutter atmen zu hören.

Die Katzen warten auf mich, sie haben Hunger. In einem bestimmten Moment fängt die Glasschale, aus der sie trinken, den ersten Sonnenstrahl nach dem

Regen ein; die Katze Sartre hat gemerkt, daß die Spiegelungen sich brechen, wenn sie das Wasser bewegt, sie sieht zu, wie die Farbstreifen sich verzerren, sie steckt eine Pfote in die Schale, zieht sie zurück und legt sie so an die Außenwand des Behälters, daß sie ihn anhebt, damit das Wasser sich bewegt, sie vertieft sich in das Spiel, gleichgültig für alles andere, fasziniert von den kleinen Splittern bunten Lichts, die das Schaukeln hervorruft.

Was wird aus den Katzen, wo werden sie Asyl finden, um zu überleben?

Seit ich den Atem meiner Mutter von unten nicht mehr hören kann, laufe ich hinauf und hinunter, ich weiß nicht, wo ich hin soll, noch weniger, wo ich bleiben soll. Einatmen, Pause, Schluckauf, kurzes Ausatmen. Und wieder von vorn, aber immer schwächer. Es ist neun Uhr. Ich setze Wasser auf, richte die Wanne her, den Waschlappen, die Seife, und trage alles eins nach dem anderen hinauf, um irgend etwas zu tun, um meine Mutter zu sehen. Meine Gedanken verweilen nirgends, stoßen auf nichts. Es gelingt mir nicht, einen Eindruck von Irrealität abzuschütteln. Immer wieder lege ich den Weg zwischen Bad- und Schlafzimmer zurück. Ich wünsche mir, daß die Krankenschwester läutet. Als ich das Zimmer mit den Handtüchern betrete, atmet meine Mutter nicht mehr.

II

Solange ihr Herz schlug, ordnete meine Mutter das Leben im Haus nach ihren Bedürfnissen. Sie war der Mittelpunkt. Als ihr Atem stillstand, der vor ihren Mund gehaltene Spiegel klar blieb, wurde alles anders. Der Nachen hatte sie ans Ende des Horizonts getragen, der Fluß war überquert. Es war Viertel nach neun. Ich wußte nicht, was ich empfand; eine gewisse Ruhe, fast das Bedürfnis zu schlafen und eine Art Erleichterung, sie hatte nicht gelitten, sie war gestorben, wie sie es gewollt hatte, in ihrem Haus und in ihrem Bett, in meiner Nähe und ich in ihrer Nähe mit Körper und Herz. Uns liebend. Der Tod hatte ihr Gesicht nicht verändert. In den letzten Stunden ihres Lebens hatte es sich verwandelt und einen Ausdruck bekommen, den ich noch nie in ihm gesehen hatte. Es war edel, streng, fast ohne Falten, eher eine Skulptur als eine Zeichnung. Ihre Augen waren geschlossen, ich brauchte ihre Lider nicht zuzudrücken, wie man ein Haus schließt.

Es läutete, es war die Krankenschwester. Ich fragte sie, ob sie meine Mutter waschen würde. «Das macht mir nichts aus», sagte sie lächelnd. Das Wasser war noch warm. Sie riet mir, den Arzt zu benachrichtigen, und fragte mich, wie ich meine Mutter kleiden wolle. Ich öffnete den großen bayerischen Schrank, in dem Kleider hingen, die sie nie trug; ich suchte ein weißes Seidenkostüm aus, weil schönes Wetter war und weil sie Weiß liebte. Es war meine erste Entscheidung nach ihrem Tod. Es kam mir vor wie eine Machtergreifung: ich würde dem nicht entgehen, ich würde die Schränke, die Kommoden, die Sekretäre, die Koffer, die Akten öffnen müssen. Sofort spürte ich die Last des Hauses, der Möbel, des Notars, der Banken, all der Dinge, die man Erbschaft nennt. Ich empfand ein sehr starkes Unbehagen bei der Vorstellung an diese Besitzergreifung, die soeben, wegen eines Kleides, in mir aufstieg.

Ich rief den Arzt an; er würde kommen und den Totenschein ausstellen, sobald es ihm möglich wäre. Er fragte mich, ob ich ein Bestattungsinstitut kenne. Nein. Könnte er mir eines nennen? Er sagte mir einen Namen. Ich würde die Nummer im Telefonbuch finden. Ich rief meine Kinder an, meine Freunde, meine Cousins. Mein jüngster Sohn saß bereits im Zug; er hatte mir seinen Besuch für heute angekündigt. Die Nachbarinnen kamen, um sich zu erkundigen, und ich benachrichtigte sie vom Tod meiner Mutter. Sie kamen mit Blumen zurück, die sie in ihrem Garten gepflückt hatten.

Das Zimmer wurde ein Sterbezimmer. Das Bett war gemacht, saubere Laken gespannt. Wir hatten das Gesicht meiner Mutter in einen Schal gebunden, um die Kiefer zusammenzuhalten, die frischen Blumen lagen auf dem Bett verstreut, einige davon steckte ich in ihre noch warmen, auf der Decke ruhenden Hände.

«Der Herr Direktor ist zur Zeit bei einem Kunden», antwortete man beim Bestattungsinstitut, «aber wir stehen in ständiger Verbindung mit ihm. Wir teilen ihm Ihren Anruf mit, er wird sie in Kürze anrufen. Wir stehen unserer Kundschaft Tag und Nacht zur Verfügung.»

Ich war im Räderwerk gefangen, alles würde sich organisieren, ich brauchte nur darauf zu warten, daß es an der Tür läutet oder das Telefon durch die Stille des Hauses schrillt. Die Katzen spielten im nassen Gras, ich betrachtete sie, aber ich sah überall, im Garten, auf den roten Backsteinmauern, in ihrem Zimmer, nur den ausgestreckten Körper und das verschlossene Gesicht meiner Mutter. Der Himmel blieb blaß und unbestimmt, der Nieselregen vom frühen Morgen konnte wieder einsetzen oder die Sonne wieder auftauchen und in der Schale, aus der die Katzen tranken, das Wasser zum Schillern bringen.

Man wird das Haus verkaufen müssen. Wer würde es kaufen, wer es lieben, wer die Katzen füttern? Der Direktor des Bestattungsinstituts rief an, er käme am frühen Nachmittag mit der «Dokumentation».

Mein Sohn läutete. Er sah mich forschend an, aber seine Lippen lächelten.

«Sie ist um Viertel nach neun gestorben.»

Ich war nicht mehr allein im Haus. «Du mußt essen», sagte er. «Ja, wir wollen essen, eine gute Idee.»

Essen, leben, sprechen, Wein trinken. Wir haben ein Omelett gemacht aus den Eiern, die die Tochter einer Nachbarin für meine Mutter gebracht hatte. Wann? Ich hatte es vergessen, vor zwei oder drei Tagen. «Landeier, ganz frisch», hatte sie betont, «und von freilaufenden Hühnern gelegt.» Ich bat meinen Sohn, er möchte sich mir gegenüber setzen, auf den Platz meiner Mutter. Die Katzen kamen und gingen, legten sich in die jetzt wieder scheinende Sonne. Ich lauschte nicht mehr auf ein Atmen, auf kein Geräusch, aber während ich meinen erwachsenen Sohn ansah, dachte ich weiter an meine Mutter, die wir aufgesucht hatten, bevor wir uns etwas zu essen machten. Der erste Schluck Wein, ich hatte Hunger, mir schien, als äße ich zum erstenmal. Mir kam eine Idee, und ich teilte sie meinem Sohn mit: «Such dir aus, was du magst und was du für deine Wohnung brauchen kannst. Ihr müßt euch alle drei nehmen, was ihr möchtet. Sie wäre damit einverstanden gewesen.»

Ich war erleichtert. Die Dinge, an denen ihr lag, nicht verkaufen: ihr Klavier, ihre Noten, ihre Bücher, die wenigen Möbel, die ihr seit ihrer Heirat mit meinem Vater gefolgt waren; auch den Cousins sagen, sie sollten sich nehmen, was ihnen gefiel, den Nachbarinnen ein Stück zur Erinnerung schenken und den Rest so schnell wie möglich verkaufen und die Möbel, die in allzu schlechtem Zustand waren, zum Schrotthändler geben.

«Was brauchst du, sag es mir!»

«Matratzen, ein oder zwei Tische, ein oder zwei Sessel, Lampen, einen Teppich, Bettwäsche, Dekken ...»

«Ist schönes Wetter in Paris?»

«So schön wie hier.»

Die Organisation des Bestattungsinstituts ist perfekt: «Sterben Sie, wir besorgen alles weitere.» Der Herr Direktor ist jung, kerngesund, jovial, höflich, mit einer etwas bedächtigen Stimme. Langsam blättert er die Seiten des schön bebilderten Katalogs mit den verschiedenen Sorten von Leichenwagen und Särgen um. Ich höre zu und vergesse manchmal zuzuhören, obwohl ich weiß, daß ich kein Wort seiner Rede verlieren dürfte. Ich höre die Tarife der Leichenwagen vorüberziehen, die verschieden sind je nach den Chromleisten und den Federbüschen an den vier Ecken des Dachs, höre die Tarife für die Särge, unerschwinglich bei Mahagoni, teuer bei Eiche, und auf der untersten Stufe der Sarg aus Kiefernholz mit bescheidenen Schlössern: «Diesen verwendet man bei Einäscherungen», präzisiert der Direktor. «Alle sind ausgepolstert», fügt er hinzu. Ich habe Lust zu lachen, ich sehe mich meine eigene Beerdigung bestellen, die Qualität des Holzes und der Schlösser aussuchen, die «Klasse» des Leichenwagens, oder ich stelle mir meine Kinder vor, die sich statt meiner über den Katalog beugen und ihre Wahl treffen.

Der Herr Direktor versucht nicht, mich zu beeinflussen, er legt mir die Merkmale jedes Modells dar, dann stellt er die entscheidende Frage:

«Wird die Verstorbene beerdigt oder eingeäschert?»

«Wahrscheinlich eingeäschert», sage ich, «aber ich hatte noch keine Zeit nachzusehen, ob sie ein schriftliches Testament hinterlassen hat. Vor ein paar Monaten schwankte sie noch zwischen Einäscherung oder einer Beerdigung an der Seite ihres Mannes, der in einem kleinen Dorf namens S. ein Grab gekauft hatte.»

In den fast dreißig Jahren, die mein Stiefvater tot war, hatte meine Mutter nur einmal von der Beerdigung ihres Mannes erzählt. Jedesmal wenn ich wissen wollte, wo er begraben war, hatte sie das Gespräch auf ein anderes Thema gelenkt, und ich war nicht weiter in sie gedrungen.

Der Direktor denkt nach:

«Morgen werde ich mich dort erkundigen, ob diese Person wirklich dort beerdigt worden ist. Wie ist das Datum seines Todes?»

«Im Frühjahr 1955, glaube ich, im April, aber den genauen Tag weiß ich nicht.»

«Das werden wir morgen im Gemeindehaus nachprüfen. Versuchen wir zusammenzufassen», schloß er. «Wir müssen zwei Möglichkeiten ins Auge fassen: eine Beerdigung in dem Grab des Ehegatten der

Verstorbenen auf dem Friedhof der Gemeinde S. oder eine Einäscherung hier. Die Entscheidung muß rasch fallen, denn das Krematorium ist sehr gefragt, und natürlich hängt die Wahl des Sarges davon ab, für welche Lösung man sich entscheidet. Wünschen Sie eine religiöse Feier?»

«Keine Messe, aber ich glaube, meine Mutter hätte sich einen Segen gewünscht.»

«Eine Absolution», sagt er. «Wollen Sie mit dem Priester sprechen, um ihm zu sagen, welche Texte gelesen werden sollen?»

«Ja.»

«Es wäre gut, wenn es im Zimmer der Verstorbenen kühl ist. Ist das Zimmer der Sonne ausgesetzt?»

«Gegen Mittag und am Nachmittag scheint die Sonne hier herein. Es hat keine Rolläden, die Vorhänge sind zugezogen. Ich habe versucht, den Heizkörper abzustellen, aber er ist blockiert.»

«Man kann die Heizung kleiner stellen, es ist nicht kalt.»

«Sommerwetter, nicht wahr? Heute früh hat es geregnet ...»

«Oh, nicht lange. Ich war schon unterwegs.»

«Sie arbeiten sogar sonntags?»

«Wir stehen unserer Kundschaft jederzeit zur Verfügung. Für uns gibt es keinen Sonntag.»

«Ja, man stirbt sogar sonntags ...»

«Ich stehe in ständiger Verbindung mit dem Institut. Ich habe Telefon in meinem Wagen und immer ein Walkie-talkie bei mir. Die Sekretärin kann mich jederzeit erreichen, außer in den kurzen Augenblikken der Andacht in der Kirche.»

Er nennt mir einige Preise als Anhaltspunkt, «nichts Genaues», erklärt er, «solange Sie keine Entscheidung getroffen haben.» Er will mich morgen früh anrufen. «Aber wir können schon jetzt beschließen», fügt er hinzu, «daß die Einsargung Dienstag nachmittag stattfinden wird.»

Er ist gegangen. Ich habe mir gemerkt, was ich morgen zu tun habe: zum Gemeindehaus gehen, den Priester aufsuchen, den Gerichtsarzt empfangen, den Notar anrufen.

Oft läutete die eine oder andere Nachbarin und ging hinauf, um meine Mutter zu sehen. Ich begleitete sie, Tränen standen in ihren Augen, und ich fragte mich, ob sie, wenn sie die Frau anschaute, die soeben gestorben war, nicht auch an ihren eigenen Tod dachte. Jede sprach von meiner Mutter, von ihrer Freundlichkeit und ihrem Mut, ihrer Würde und ihrer Kultur. Die eine sagte: «Es war eine große Dame. Wie ruhig sie aussieht.» Eine andere: «Wie schön sie ist.» Die eine brachte mir Suppe und eine Artischocke: «Bestimmt haben Sie keine Zeit zum Kochen», und ging gleich wieder weg: «Ich will Sie nicht stören.» Eine andere kümmerte sich um das Futter für die Katzen: «Das ist für sie», sagte sie, «was wird jetzt aus ihnen werden?» Die Nachricht vom Tod meiner Mutter hatte sich in der Straße herumgesprochen, denn ich sah Frauen kommen, die noch nie dagewesen waren. Sie hatten die niedergeschlagene Miene, die sich einstellt, sobald der Tod gegenwärtig ist.

Am Nachmittag habe ich die Möbel notiert, die meinem Sohn gefielen, wir haben mit den Cousins Tee getrunken, über die Organisation der Dinge gesprochen. An wen mußte man sich wenden, um das Haus zu verkaufen, die Möbel, und andere nach Paris mitzunehmen? Wem könnte man das Klavier und die Noten schenken? Ich schlug ein Konservatorium oder eine Musikschule vor. Ich hatte den Wunsch, daß dieses Klavier jungen Musikern nützlich sei, daß es gepflegt und geliebt werde.

Am Abend ist mein Sohn abgereist, die Cousins haben ihn zum Bahnhof gefahren. Sie haben mir vorgeschlagen, hier bei mir zu schlafen oder mich zu sich mitzunehmen. Einen Augenblick lang stellte ich mir vor, ich würde die Tür hinter mir abschließen und meine Mutter allein lassen. Das Bild war mir unerträglich. Ich mochte noch so vernünftig argumentieren, ich konnte mich nicht entschließen, sie zu verlassen. Ich wollte hier unter demselben Dach sein, allein mit ihr. Sie nicht auf ihrem Bett allein lassen.

Als alle fort waren, machte ich dieselben Gesten wie an den vorigen Tagen: die Katzen grüßen, die sich davonmachten, die Rolläden herunterlassen, die Lampen anzünden, essen und trinken. Manchmal vergaß ich und suchte den Atem meiner Mutter.

Dem Kind in Paris ging es gut, es war in der Sonne gewesen, spät in der Nacht wachte es noch auf.

«Steht der Tag der Beerdigung schon fest?» fragte mich meine Tochter.

Zum erstenmal habe ich Nachrichten gehört. Was war in der Welt seit fünf Tagen geschehen?

Ich öffnete keine Schublade, keine Akte. Es gibt Dinge, die man nicht abends tun soll, weil sie einen überschwemmen, sich an einen kleben und einen nicht mehr loslassen. Sie machen sich die Nacht zunutze, um ihre Wichtigkeit aufzublähen und zu versuchen, einen an der Kehle und im Bauch zu packen. Morgen werde ich nach der Adresse des Notars sehen und nachschauen, ob meine Mutter aufgeschrieben hat, ob sie eingeäschert werden wollte. Ich weiß nicht, wo ihre Papiere sind, sie hat mir nie gezeigt, wo sie sie aufbewahrte, und je älter sie wurde, desto weniger wagte ich, sie danach zu fragen.

Als ich hinaufging, um mich schlafen zu legen, habe ich in ihrem Zimmer haltgemacht. Ich habe den Schal aufgebunden und ihre Haare in Ordnung gebracht. Ich habe die Kälte und Starrheit ihres Gesichts berührt. Als ich sie betrachtete, dachte ich, ohne dieses Bild verhindern zu können: Morgen – die Fäulnis oder das Feuer.

Die Blumen auf dem Bett und in ihren steifen Händen waren verwelkt. Beim Hinausgehen habe ich die Tür geschlossen. Ich bin ins Klavierzimmer gegangen und habe beschlossen, daß ich die beiden Sessel behalten würde, den blauen und den Schaukelstuhl, und den Baumwollrock, den ich ihr aus Paris mitgebracht hatte und den sie mochte.

Und ich habe auch die Tür zu meinem Zimmer hinter mir geschlossen, nachdem ich das Licht auf dem Vorplatz gelöscht hatte. Am schwarzen, mondlosen Himmel verschwammen die matten Sterne in der dunstigen Nacht. Ich trug noch immer die Kälte des Todes mit mir, die meine Hände gefühlt hatten, und ich erinnerte mich, wie schön es gewesen war – ein Sinnbild für Liebe und Sicherheit –, mich an meine Mutter zu drücken, in ihrem Pelzmantel aus Feh und Seide mit dem großen Schalkragen, wenn ich sie nach langen Monaten wiedersah, die ich in dem provinziellen, engen Haus meines Onkels väterlicherseits verbrachte, wo ich einen Teil des Jahres leben mußte, solange die Scheidung meiner Eltern dauerte. Ich war noch zu klein, um allein mit der Eisenbahn zu reisen, meine Mutter holte mich ab. Sie kam nicht ins Haus, und auf der Schwelle, vor der Familie, zeigte ich keinerlei Erregung über das Wiedersehen, ich küßte sie nur artig; aber sobald wir allein waren, umarmten wir uns leidenschaftlich; wenn es Winter war, trug sie einen Pelzmantel, und ich grub meinen Kopf und meine Hände in ihn und streichelte mit den Lippen und Fingern alles, was ich traf. Manchmal fuhren wir mit der Kutsche zum Bahnhof, manchmal gingen wir zu Fuß. Es waren Straßen, durch die ich fast jeden Tag mit meiner Tante ging, aber in Begleitung meiner Mutter waren sie anders, schön und fröhlich, sogar im Regen. Bevor wir in den Zug stiegen, gingen wir oft in eine Konditorei, meine Mutter sagte zu mir: «Mein Liebes, such dir Kuchen aus, nimm, soviel du magst.» Ich trat an die Theke, ich war stolz, weil ich klein war, und glücklich, weil ich mich frei fühlte, denn sonst durfte ich mir in dieser Konditorei mein eines Stück Kuchen nicht selbst aussuchen, und die Kellnerin stellte ein verhaßtes Glas Milch vor mich hin, während meine Tante wiederholte: «Milch ist gut für Kinder.»

Ich blieb lange am Fenster stehen, einige Häuser waren erleuchtet, die Vorhänge offen, die Leute saßen bei Tisch oder vor ihrem Fernsehapparat, die Bäume bildeten dunkle Massen, in der Ferne quietschten die Straßenbahnen auf den Schienen. Es gab keinen Geruch, keine Vögel, kein Gebell und kein Katzenstelldichein.

Nacht war es auch gewesen ohne eine Spur von Dämmerung, als ich vor fünf Tagen auf dem Dorfplatz, der die Ebene überragt, auf das Taxi wartete, das mich zum Flughafen bringen sollte. Ein letztes Mondviertel vermochte den Glanz der Sterne nicht zu trüben, denn der Mistral hatte den Ostwind besiegt, und der Himmel funkelte. Ich saß auf der runden Steinbank am Fuß der Ulme, die die Krankheit getötet hatte. Von Sully gepflanzt, war sie der Vater und gleichzeitig das Kind eines jeden Einwohners. Keine Behandlung hatte sie retten können. Ihre Krankheit, ihr Tod und ihr Ersatz waren ein unerschöpfliches Gesprächsthema, sowohl im Gemeinderat wie im Café und in den Familien. Welchen

Baum sollte man an ihre Stelle setzen? Eine andere Ulme? Sie sterben heute alle in Frankreich. Einen Olivenbaum? Eine Pinie? Sie wächst so langsam. Eine Platane? Die wäre hier banal. Sie wachsen überall im Land. Noch war keine Entscheidung getroffen, und jeder ließ seiner Vorliebe freien Lauf.

Von meinem Platz aus konnte ich den Leuchtturm nicht sehen, aber ich verfolgte seinen Strahl über die Weinberge in der Ebene, die Wälder auf den Hügeln und das Meer, über das er, schmal und genau, hinwegstrich wie eine Kompaßnadel.

Ich versuchte mir meine Mutter nach diesem zweiten Anfall vorzustellen, der weit schlimmer gewesen sei als der erste, wie mein Cousin gesagt hatte. Hatte sie die Nacht überstanden? Würde ich früh genug ankommen, damit sie mich wiedererkennt? Was wünschte ich?

Das Taxi tauchte in der Ebene auf, in der Nähe des Meers, seine Scheinwerfer beleuchteten einen Augenblick lang die Weinberge, wo bei Tagesanbruch die Weinleser und Traktoren die Trauben pflücken und abtransportieren würden.

Ich schlief mit Unterbrechungen, schwer. Die gleichen Vögel wie an den anderen Tagen weckten mich. Als ich das Zimmer meiner Mutter betrat, fragte ich mich, welcher Kraft ich gehorchte. Sie war da und nicht mehr da. Ich wollte nicht sehen, wie ihr Gesicht sich auflöste. Ich wußte und zweifelte keinen Augenblick daran, daß der Tod Abwesenheit ist, und doch kam ich, um sie zu sehen, ihrem Körper gleichsam einen Besuch abzustatten, ohne mich ihm zu nähern, reglos vor ihm stehend.

Der Herr Direktor rief mich früh am Morgen an. Man hatte keine Spur von der Beerdigung meines Stiefvaters in S. gefunden. Er verabredete sich mit mir im Gemeindehaus. Ich ging mit meinem Cousin hin. Ich meldete das Ableben meiner Mutter. Man fand das Todesdatum ihres Mannes in den Akten. Wo war er beerdigt worden? Da erinnerte ich mich, daß er seinen Leichnam der Wissenschaft vermacht hatte. Als meine Mutter mir seinen Tod mitgeteilt hatte, war ich noch am selben Tag zu ihr geeilt, aber man hatte seine Leiche bereits abgeholt. «Das ändert alles», sagte der Herr Direktor, «ich muß mit der Freien Universität Kontakt aufnehmen, wahrscheinlich mit der medizinischen oder naturwissenschaftlichen Fakultät. Ein Sonderfall. Er kann Monate nach seinem Ableben beerdigt worden sein.» Er telefonierte erneut mit S. «Nein», sagte man ihm, «weder 1955 noch 1956 gab es eine Beisetzung unter diesem Namen.» Der Bescheid der Universität war positiv. Herr X. hatte tatsächlich seinen Leichnam der Wissenschaft vermacht. War er der Familie zurückgegeben oder auf Veranlassung der Fakultät beigesetzt worden? fragte der Direktor, an welchem Datum, auf welchem Friedhof? Man versprach, bis morgen zu antworten. Man mußte in den Archiven nachsehen.

Der Herr Direktor war verstimmt. Er wiederholte, daß das Krematorium sehr begehrt sei: «Ließe sich nicht eine Bestattung hier am Ort ins Auge fassen, da jetzt feststeht, daß Ihr Herr Stiefvater nicht in S. beerdigt worden ist?» – «Nein», antworte ich, «wenn meine Mutter nicht neben ihrem Mann beerdigt werden kann, wird sie eingeäschert. Ich habe heute morgen ihren schriftlichen Willen gefunden.» – «Ich verstehe, ich verstehe», sagte er mit vollendeter Höflichkeit.

Der Gerichtsarzt kam, um den Totenschein auszustellen. Der Priester sprach ein unsicheres Französisch. Er hatte blaue Augen. Er stellte mir Fragen über meine Mutter, die er nie gesehen hatte, und fragte mich nach ihrem Vornamen. Ich bestand darauf, daß er einige *Fioretti* lese, die meine Mutter geliebt hatte. Er willigte ein. Am Abend kam der Notar, und das Öffnen der Akten begann.

Es war am Nachmittag heiß gewesen, und ich dachte an den Körper meiner Mutter.

Nachdem der Notar und mein Vetter gegangen waren, überlegte ich, was meine Mutter veranlaßt haben mochte zu sagen, ihr Mann sei in S. begraben worden. Es war ein Dorf, zu dem ich persönlich keinerlei Beziehung hatte, aber meine Großmutter war dort geboren worden und hätte dort beerdigt sein wollen. Sie hatte sich ein Grab gekauft, und wir hatten uns über sie lustig gemacht, weil sie sich die Stelle ausgesucht hatte, von der aus die Aussicht am schönsten war. Sie war während des Kriegs gestorben, in Toulon, in einem Altersheim, in das meine Eltern sie gebracht hatten. Ich hatte sie besucht. Sie war es, die mich erkannte und sich in meine Arme stürzte – sie hatte vierzig Kilo abgenommen –, als ich an ihr vorbeiging und nicht stehenblieb. Sie starb an einem Herzanfall auf der Straße, kurz nach meinem zweiten Besuch. Man beerdigte sie auf dem nächstgelegenen Friedhof, ihr Körper kam nie nach S. zurück. Vielleicht hatte meine Mutter in den letzten Monaten, in denen ihr Geist sich manchmal verwirrte, Tatsachen und Erinnerungen durcheinandergebracht und vielleicht Gewissensbisse gehabt. Falls es nicht ihre Einbildung war, die sie dazu gebracht hatte, etwas für wahr zu halten, was nicht wahr war.

Der Herr Direktor wollte mich nicht beeinflussen, aber es war offenkundig, daß er aus irgendeinem Grunde Beerdigungen den Vorzug vor Einäscherungen gab. Er nannte mir Einzelheiten, um die ich nicht bat. «Die Öfen», sagte er, «entwickeln eine große Hitze, ein paar Minuten genügen, um die Körper zu verbrennen, Zeit dagegen braucht das Sieben der Asche, bis sie zu Pulver geworden ist, man muß es mehrere Male tun. Die Zähne zum Beispiel sind widerspenstig ...» Zeitweilig gelang es mir, seine Worte nicht zu hören, sie glitten an mir vorüber, aber bei der geringsten Unaufmerksamkeit gelang es zwei oder drei von ihnen, bis in mein Herz zu dringen; aber mein Verstand wurde nicht fertig mit ihnen.

Am nächsten Tag teilte die Freie Universität mit, daß mein Stiefvater fast auf den Tag genau ein Jahr nach seinem Tod auf einem Friedhof der Stadt beerdigt worden war. Ich würde nie erfahren, ob meine Mutter das erfuhr oder nicht.

Der Fichtenholzsarg traf am Ende des Vormittags ein, auch hohe Kerzen und anderes Zubehör. Auf meine Bitte hin stellte man ihn neben das Klavier. Das Gesicht, die Hände meiner Mutter und die weißen, staubigen Tasten hatten fast die gleiche Farbe. Die Nachbarinnen kamen, um von ihr Abschied zu nehmen. Man versiegelte den Sarg am Nachmittag, ich klappte auch den Deckel des Ibach zu. Meine Mutter und ihr Klavier waren in meiner Erinnerung unzertrennlich, nachdem die eine verschwunden war, hatte ich nicht den Wunsch, das andere zu behalten.

Der Direktor teilte mir mit, daß die Einäscherung Donnerstag früh stattfinden könnte. Er war zufrieden, er hatte längere Wartezeiten befürchtet. Ich sagte den Kindern Bescheid. Endlich war das Ritual des Todes organisiert. Es hatte seine Regeln und seine Schönheit, berührte mich jedoch nicht in der Tiefe. Dennoch fürchtete ich den Augenblick der Einäscherung. Irgend etwas daran war so radikal und brutal, daß es mir trotz meines theoretischen Einverständnisses nicht gelang, die Vorstellung des in einem Augenblick in zwei, drei Handvoll Asche verwandelten Körpers zu akzeptieren.

Am Abend schlief ich bei einer Jugendfreundin. Ich atmete eine andere Luft, ich verließ den Tod. Die

Nacht war ruhig. Am frühen Morgen sah ich den Eichhörnchen zu, die von einem Baum zum anderen liefen, die Amseln weckten mich, zwei Schafe blökten auf der Wiese. Es war noch schöneres Wetter als am Vortag, der Sommer nahm kein Ende, in ganz Europa war er heiß und trocken gewesen, so daß man sich nach Regen zu sehnen begann. Als ich ins Haus meiner Mutter zurückging, spürte ich die Gegenwart der Leere und der tödlichen Stille. Erst als die ersten Blumen geliefert wurden, ging ich in den ersten Stock hinauf. Unten zog ich die Rolläden hoch und fütterte die Katzen. Im Eisschrank stand nur noch die Flasche Champagner, zusammen mit den sauberen, leeren Marmeladengläsern. Ich betrachtete die Gegenstände, die Nippsachen und die Vasen und suchte einige aus, um sie den Nachbarinnen zur Erinnerung zu schenken. Ich konnte weder lesen noch Musik hören, noch in der Sonne sitzen, ich war zu nichts zu gebrauchen und außerstande, etwas zu tun. Als die Cousins eintrafen, begannen wir, ein oder zwei Kommoden zu öffnen, in denen meine Mutter ihre Wollsachen aufbewahrte. Einige lagen auch auf der Erde in Plastikmüllsäcken oder direkt auf dem Fußboden, andere hingen im Bad auf der Leine ... Manche waren noch in ihrer durchsichtigen Verpackung, andere waren zwar ausgepackt, aber neu, und die meisten zusammengerollt und völlig abgewetzt. Am Abend, nachdem ich das Haus abgeschlossen hatte, bin ich zu meiner Freundin gegangen.

Im Krematorium standen die Leichenwagen Schlange, die Wagen stellten sich auf dem Parkplatz auf, dann kamen die Familien und versammelten sich bei ihren Toten, während der für den Transport Verantwortliche an einem Schalter vor dem Hauptgebäude die notwendigen Papiere vorzeigte. Die Schornsteine spuckten schwarzen Rauch aus, der sich in einer langen Fahne über den klaren Himmel zog, indes Körper, die geliebt hatten und geliebt worden waren, die vielleicht schön und bestimmt jung gewesen waren und es manchmal noch waren, sich in den großen Öfen verzehrten. Als wir an die Reihe kamen, ging unsere kleine Gruppe bis zum Fuß der Treppe hinter den Leichenwagen her. Wir traten, den Anweisungen gehorchend, die man uns gab, in eine große, mit Grünpflanzen geschmückte Halle ein, deren eine Seite aus einer grauen Samtportiere bestand. Wenn man sich umdrehte, sah man die lange Reihe der blumengeschmückten Leichenwagen. Die Sonne schien, aber sie konnte diesen großen betonierten Raum nicht lebendig machen. Er lag grau und matt unter dem sanften Licht, das zu bleich war, um ihn zum Schwingen zu bringen. Waren die Leute, aus der Entfernung betrachtet, sehr verschieden von denen, die ihre Autos auf den Parkplätzen der Supermärkte stehen ließen und dann mit ihnen weiterfuhren? Ja, einige hoben sich aus den Gruppen heraus, sie gingen allein oder blieben stehen, und an ihrem gebeugten Rücken, ihrem geneigten Nacken, ihren unsicheren Schritten erriet man die geröteten

Augen und das innere Schluchzen, das nicht aus der Kehle zu dringen wagte. Aber das vom Tod zerbrochene Leben des geliebten Menschen – ist das erkennbar? Meist bleibt das Unglück geheim, und vielleicht schleppte gerade die aufrechteste Gestalt, die mit ihrem Nachbarn über Belanglosigkeiten sprach, die unheilbarste Verzweiflung mit sich herum.

Die Lautsprecher begannen, klassische Musik zu übertragen, der graue Vorhang öffnete sich ein wenig, und der auf Schienen stehende Sarg rollte in die Halle. Wir hatten Recht auf ein oder zwei Minuten Andacht, bevor sich der Karren in entgegengesetzte Richtung ebenso geräuschlos, wie er gekommen war, zurückzog und meine Mutter zum Ofen brachte. Wir fanden uns auf der Freitreppe wieder, keiner hatte das Bedürfnis zu sprechen. Es war das erste Mal, daß meine Kinder einer Einäscherung beiwohnten oder besser der Zeremonie, die ihr vorausgeht. Die Phantasie hatte freien Lauf. Meine Cousins dachten an ihren Sohn, der hier eingeäschert worden war, meine Freundin sah uns liebevoll an. Der Herr Direktor verabredete sich für den frühen Nachmittag mit uns. Die Vorschrift sieht vor, daß die Familie während der Einäscherung nicht dableibt, sondern die Asche zu einer angegebenen Zeit abholt. Als wir zu unseren Autos gingen, stand schon ein anderer Leichenwagen am Fuß der Freitreppe; und der Sarg wurde weggetragen, während die Familie die Halle betrat, die wir soeben verlassen hatten. Mir war, als hörte ich dasselbe Musikstück erklingen.

Diesmal war der Rauch am Himmel meine Mutter: ihr Fleisch, ihre Knochen, ihr Gehirn, ihre Drüsen, ihre Nerven, ihre Organe, ihr Haar. All das, was sie, wie jeden von uns, zu einem einmaligen Geschöpf gemacht hatte.

Wir sind zu den Cousins gegangen, ihre Familie erwartete uns. Wir wurden warmherzig aufgenommen. Meine Freundin ging, um etwas zu essen zu kaufen, und wir anderen begannen, Tische auszuziehen, Gedecke aufzulegen, Brot zu schneiden, Weinflaschen zu entkorken, Salat zu waschen; dann kamen die gebratenen Hähnchen, der Käse und das Obst, und man begann zu essen. So will es die Tradition. Gespräche gingen hin und her, manchmal nahm ich daran teil; aber der Satz des Direktors des Bestattungsinstituts hatte sich mir tief in den Kopf eingegraben, und ich sah die Siebe, durch die die Asche lief, bis sie ganz fein war. Ich stellte mir Männer vor, die diese Arbeit scherzend verrichteten, in einem mittelalterlichen oder futuristischen Raum, in dem in einer langen Reihe, wie vorhin die blumengeschmückten Leichenwagen, die Behälter mit der heißen Asche aufgestellt waren, die darauf wartete, gesiebt zu werden.

Im Krematorium führte man uns am Nachmittag in eine Halle, die genauso aussah wie die vom Morgen und an sie angrenzte: Marmorfußboden, Grünpflanzen, grauer Vorhang, Lautsprecher, aus denen nach einigen Sekunden eine ruhige, bombastische Musik tönte. Wir kannten die Riten jetzt und stellten uns alle vier vor den Samtvorhang. Er hat sich kaum geöffnet, um eine winzige Urne, die auf einem Wagen stand, durchzulassen. Der Herr Direktor trat vor, um sie mit dem gebührenden Respekt in Empfang zu nehmen, und wir folgten ihm zu seinem Auto. Er öffnete den tadellos sauberen Kofferraum, in dem sich ein schwarz-silbernes Trauertuch befand sowie ein Gehäuse, in das er die Urne stellte. Hinten im Kofferraum sah ich die Blumen, die er am Morgen vorsorglich vom Leichenwagen genommen hatte. Wir fuhren zu einem Friedhof; der Weg kam mir sehr lang vor, wir kamen durch Viertel, die ich von früher her kannte, andere waren mir völlig fremd. Ich kannte nur einen Friedhof in meiner Geburtsstadt, und mit ihm verbanden sich fröhliche Erinnerungen. Er lag in der Nähe des großen Hauses, das meine Eltern sich hatten bauen lassen. Meine beste Schulfreundin und ich stellten uns an religiösen Feiertagen und Sonntag morgens vor sein großes schmiedeeisernes Tor und boten älteren oder zu schwer beladenen Personen an, ihnen Kränze, Gebinde oder Blumentöpfe zu den Gräbern zu tragen. Meistens gaben sie uns ein Trinkgeld, und wenn wir genug Geld zusammen hatten, liefen wir schnurstracks durch die Allee, an der unser Haus lag, zu einem Eisverkäufer, den wir besonders mochten, und aßen bis zum Überdruß Vanilleeis in Tüten oder zwischen zwei Waffeln gepreßt, das wir ganz langsam schleckten, um es zu genießen und auch damit der Waffelteig weich wurde und sich mit dem Eis vermischte. Die Freundin ist tot, und den Eismann gibt es nicht mehr.

Es war ein neuer Friedhof, der leicht abfiel, denn er lag an einem Hang. Bevor man die Gräber entdeckte, sah man einen großen Rasen, der wohl regelmäßig gegossen wurde, denn er war trotz der Trokkenheit tiefgrün. Der Direktor hielt seinen Wagen am Eingang an, und der Friedhofswärter nahm die Urne entgegen. Er begann, langsamen Schrittes den Weg hinunterzugehen, wir folgten ihm im Wagen. Nachdem wir den zentralen Rasenplatz umrundet hatten, hielten wir am Rand eines anderen, kleineren, mit Bäumen bepflanzten Rasenstücks. Der Mann trat vor und streute beim Gehen die Asche auf die Erde. Es wehte kein Wind, sie senkte sich auf das Gras, ungreifbar, kaum zu sehen. Wir legten die Blumen nieder und gingen. «Dieser Platz ist der ‹Ehren-Rasen›», sagte uns der Direktor und überreichte mir einen kleinen hitzefesten Backstein mit einer Nummer. «Er wurde in den Sarg gelegt, er ist der Beleg für die Einäscherung ihrer Frau Mutter», sagte er.

Wir wollten noch am selben Abend nach Paris fahren. Wir sind kurz ins Haus meiner Mutter gegangen. Meine Cousins erwarteten uns dort. Sie versprachen, regelmäßig nachzusehen, ob alles in Ordnung sei. Sie würden den Notar aufsuchen, mich über die Angebote des Antiquars auf dem laufenden halten, sich um einen Möbeltransporteur kümmern, sie versprachen sogar, die Katzen unterzubringen. Was hätte ich ohne sie getan?

Wir beluden die beiden Autos mit Decken, Laken, Geschirr und zerbrechlichen Nippsachen, an denen meine Mutter hing. Mein Cousin hatte im Klavierzimmer Briefe, Hefte und uralte Fotos gefunden, in einem Koffer, der seit fünfzig Jahren nicht mehr geöffnet worden war, meine Mutter jedoch überallhin begleitet hatte. Er war mit indischem Kattun überzogen und sah aus wie ein niedriger Tisch. «Besser, du nimmst alles mit», sagte mein Cousin. Ich stopfte alles, was hineinpaßte, hastig in einen Koffer, der gerade zur Hand war, und nahm es in der Absicht mit, es am nächsten Tag zu verbrennen. Das Familienbuch, in das der Beamte im Gemeindehaus neben den Namen meiner Mutter «verstorben» und das Datum geschrieben hatte, legte ich dazu.

Wir kamen zu der Zeit in Paris an, in der die Stadt aus der Ferne blau aussieht. Bei meiner Tochter zu Hause schlief das Kind in seiner Wiege, neben ihm saß sein Vater und schrieb. Wie sehr es sich in einem Monat verändert hatte!

Später wachte es auf und trank in wenigen Minuten gierig seine Flasche aus. Als ich es verließ, war es noch blind gewesen, jetzt kann es sehen, seine Augen folgen den Gegenständen und bleiben an den erleuchteten Lampen haften. Beim Saugen richtete es die Augen auf seine Mutter. Nach dem letzten

Milchtropfen lächelte es die Engel an und sank wieder in den geheimnisvollen Zustand der Glückseligkeit, bevor es in einen tiefen, leisen Schlaf fiel.

Es war ohne Angst in einer gefährdeten Welt, war sich der Gefahren ebensowenig bewußt wie das neugeborene Tier im Urwald. Bei seinem Anblick konnte man einen Augenblick lang glauben, es gebe weder Tod noch Grausamkeit noch Schmerz. Keine Kranken, keine Trennung von Menschen, die sich lieben, keinen Verrat, keine Schlachthöfe, kein Elend, keine Arbeitslosen, keine Kriege noch Gefängnisse, kein Gulag und keine Folter, keine Vergewaltigungen – keine Angst unter den Menschen.